Bianca

D1593978

Lynne Graham
Cautiva del italiano

HARLEQUIN™

Editado por Harlequin Ibérica.
Una división de HarperCollins Ibérica, S.A.
Núñez de Balboa, 56
28001 Madrid

© 2008 Lynne Graham
© 2015 Harlequin Ibérica, una división de HarperCollins Ibérica, S.A.
Cautiva del italiano, n.º 2401 - 15.7.15
Título original: The Italian Billionaire's Pregnant Bride
Publicada originalmente por Mills & Boon®, Ltd., Londres.
Este título fue publicado originalmente en español en 2008

I.S.B.N.: 978-84-687-6226-5
Depósito legal: M-13544-2015
Impresión en CPI (Barcelona)
Fecha impresion para Argentina: 11.1.16
Distribuidor exclusivo para España: LOGISTA
Distribuidor para México: CODIPLYRSA
Distribuidores para Argentina: Interior, DGP, S.A. Alvarado 2118.
Cap. Fed./Buenos Aires y Gran Buenos Aires, VACCARO HNOS.

Capítulo 1

S ERGIO Torenti entró en el palacio Azzarini por primera vez en diez años.

El palacio, una espléndida mansión situada en las colinas de la Toscana, era tan famoso por sus grandiosa arquitectura palatina como por la producción del legendario vino Azzarini, artífice de un imperio de viñedos situados por todo el mundo. Por desgracia, los recientes reveses financieros se habían cobrado su precio: la deslumbrante colección de tesoros que una vez habían llenado la mansión había desaparecido y su grandeza empezaba a desvanecerse. Pero a partir de ese momento le pertenecía a Sergio. En su totalidad. Cada piedra y cada metro de productiva tierra, y él era lo bastante rico como para dar marcha atrás al reloj y remediar ese abandono.

Debería haber sido un momento de triunfo supremo. Sin embargo, Sergio no sentía nada. Hacía mucho tiempo que había dejado de sentir. Al principio se había tratado de un mecanismo de defensa, pero pronto se convirtió en un hábito que alimentaba. Le gustaba la estructura limpia y eficaz de su existencia. No sufría altibajos emocionales. Cuando quería más, cuando necesitaba un poco de excitación que lo reviviera, la obtenía mediante el sexo o los retos físicos. Había escalado paredes rocosas en medio de tormentas de nieve, atravesado selvas en condiciones terribles y practicado deportes extremos. No había descubierto el miedo, pero tampoco nada que le importara de verdad.

Sergio recorrió el vacío vestíbulo de entrada lentamente. Hubo un tiempo en el que el palacio había sido un hogar feliz y él, un hijo amante, que daba por sentado el afecto, la riqueza y la seguridad que ofrecía su familia. Pero esos recuerdos habían sido borrados por la pesadilla que lo siguió. Sabía mucho más de lo que habría deseado saber sobre la inmensidad de la avaricia humana. Tensó el atractivo rostro y salió a la terraza trasera, que daba a los jardines. Oyó unos pasos y volvió la cabeza. Una mujer caminaba hacia él.

El rostro perfecto de Grazia estaba enmarcado por cabello rubio platino. El vestido blanco que se pegaba a sus pezones y delineaba la juntura de sus muslos dejaba poco a la imaginación: estaba desnuda bajo la seda. Grazia siempre había sabido qué era lo que más atraía a un hombre, y no era la conversación. Él captó su mensaje: era básico e inmediato.

—No me eches —los lánguidos ojos turquesa expresaron una invitación burlona y suplicante al tiempo—. No hay nada que no haría por tener una segunda oportunidad contigo.

—Yo no doy segundas oportunidades —Sergio alzó una ceja ébano con desdén.

—¿Ni siquiera si esta vez te ofrezco una prueba sin compromisos? Sé pedir perdón con mucho estilo —con una mirada provocadora, Grazia se arrodilló ante él y agarró la hebilla de su pantalón.

Sergio se tensó durante un segundo y después soltó una carcajada de aprecio. Grazia, una superviviente nata, tenía la moral de una prostituta pero al menos era honesta al respecto. Se ofrecía al ganador. Y sin duda alguna era un premio que muchos hombres matarían por poseer: era bella, aventurera en el sexo y de sangre y educación aristócrata. Sabía exactamente qué era Grazia, porque una vez había sido suya. Sin embargo, cuando su brillante futuro se derrumbó, pasó a ser de su hermano. El amor con un presupuesto ajustado no atraía a Grazia; iba donde estaba el dinero. Pero el tiempo había provocado cambios dramáticos, dado que Sergio se había convertido en millonario y los viñedos Azzarini eran solo una pequeña parte de sus negocios.

—Eres la esposa de mi hermano —le recordó con voz suave, echando las caderas hacia atrás para apoyarse en la pared y quedar a escasos centímetros de sus manos—, y no me gusta el adulterio, querida mía —sonó su teléfono móvil—. Discúlpame —murmuró.

Entró en la casa, dejándola allí, sumisa y de rodillas sobre las baldosas de la terraza.

Era su jefe de seguridad, Renzo Catallone, llamando desde Londres. Sergio contuvo un suspiro. El hombre, oficial de policía ya jubilado, se tomaba su trabajo muy en serio. Sergio tenía un valioso juego de ajedrez expuesto en su despacho de Londres y unas semanas antes, le había sorprendido descubrir que alguien, ignorando el cartel que ordenaba «No tocar», había resuelto el problema ajedrecístico que exponía el tablero. Desde entonces, cada movimiento de Sergio, había sido contestado por otro.

—Mira, si tanto te molesta, coloca una cámara de seguridad —sugirió Sergio.

—Esta tontería con el tablero de ajedrez está volviendo loco a todo mi equipo —confesó Renzo—. Estamos empeñados en cazar a ese bromista.

—¿Y qué vamos a hacer con él cuando lo encontremos? —preguntó Sergio con voz seca—. ¿Denunciarlo por retarme a una partida de ajedrez?

—Es más serio de lo que opinas —contraatacó el hombre mayor—. Ese vestíbulo está en una zona privada justo al lado de tu despacho, sin embargo, alguien entra y sale siempre que quiere. Es un fallo grave de seguridad. Miré el tablero esta tarde, pero no sabría decir si alguna pieza ha cambiado de posición.

—No te preocupes por eso —lo tranquilizó Sergio—. Yo lo sabré de inmediato.

Entre otras cosas, porque jugaba contra un oponente muy innovador, que utilizaba la partida para llamar su atención. El culpable solo podía ser un miembro ambicioso de su equipo directivo, que quería impresionarlo con su destreza para la estrategia.

El joven estaba tan ocupado mirando a Kathy que casi tropezó con una silla al salir de la cafetería.

—Eres fantástica para el negocio —el rostro redondo y amable de Bridget Kirk se iluminó con una sonrisa. Era una morena de cuarenta y un años, y dueña del negocio—. Todos los hombres quieren que les sirvas tú. ¿Cuándo vas a elegir a uno con quien salir?

—No tengo tiempo para novios —Kathy forzó una risa y sus ojos verdes se velaron para ocultar la inquietud que le provocaba la pregunta.

Bridget, contemplando a la joven ponerse la chaqueta para irse a casa, contuvo un suspiro. Kathy Galvin era una despampanante pelirroja de solo veintitrés años, pero vivía como una ermitaña.

—Siempre podrías hacer hueco a alguno. Solo se es joven una vez. Lo único que haces es trabajar y estudiar. Espero que no te preocupe esa historia del pasado y cómo explicarla. Eso ya quedó atrás

Kathy controló el deseo de decir que el pasado estaba siempre con ella, físicamente como una lívida cicatriz en la espalda, emocionalmente en sus pesadillas nocturnas y ensombreciendo incluso sus días con una sensación de inseguridad. Sabía que cuando alguien era desafortunado no hacía falta que hiciera nada malo para perderlo todo. Su vida había tomado un curso dramático a los dieciocho años. Ella no había hecho nada para provocar la situación, la calamidad había saltado sobre ella de repente, casi destruyéndola. Había sobrevivido, pero la experiencia la había cambiado. Antes había sido segura, abierta y confiada. También había tenido fe en la integridad del sistema judicial y en la bondad esencial inherente a los seres humanos. Cuatro años después, esas convicciones no se habían recuperado del vapuleo sufrido y ella prefería retraerse en sí misma antes de dar pie a más dolor y rechazo.

–Ya quedó atrás –murmuró Bridget. Kathy era bastante más alta que ella y tuvo que estirar el brazo para darle un suave apretón en el hombro–. Deja de pensar en ello.

Mientras caminaba hacia su casa, Kathy pensó en lo afortunada que era al trabajar para alguien como Bridget, que la aceptaba a pesar de su pasado. Por desgracia, Kathy había descubierto que, si quería trabajar, la sinceridad era un lujo, y había aprendido a ser imaginativa en su currículum para explicar su periodo de desempleo. Sobrevivía gracias a dos empleos: limpiaba oficinas en el turno de tarde y era camarera en el turno de día. Necesitaba cada céntimo para pagar las facturas, y no le sobraba nada. Aun así, largos y frustrantes meses de desempleo le habían enseñado a agradecer lo que tenía. Pocas personas eran tan generosas y abiertas como Bridget. A pesar de que Kathy estaba muy cualificada, había tenido que conformarse con trabajos sencillos y mal retribuidos.

Como siempre, fue un alivio llegar a su estudio y cerrar la puerta a su espalda. Adoraba su intimidad y agradecía no tener vecinos ruidosos. Había pintado las paredes del estudio en tonos pálidos, para reflejar la luz que entraba por la ventana. Tigger estaba enroscado en el alféizar exterior, esperando su llegada. Abrió la ventana para que entrase y le dio de comer. Era un gato vagabundo y medio salvaje, y había tardado meses en ganarse su confianza. Aún sentía pánico si cerraba la ventana, así que por mucho frío que hiciera, la dejaba abierta durante sus visitas. Entendía perfectamente su desconfianza, y la salud del gato había mejorado mucho desde que empezó a cuidarlo. Tenía el pelo más lustroso y había engordado.

Tigger le recordaba a la mascota familiar de su infancia. Kathy había sido abandonada por su madre biológica en un parque cuando tenía un año, y había sido adoptada poco después. Sin embargo, la tragedia volvió a golpearla a los diez años de edad, cuando su madre adoptiva falleció en un accidente ferroviario y poco después una enfermedad debilitante hizo mella en la salud de su padre. Durante su adolescencia Kathy había tenido que cuidar de su padre, dirigir el hogar con un presupuesto muy ajustado y mantenerse al día en sus estudios. El amor que sentía por su padre le había dado fuerzas y su único consuelo era que él había fallecido antes de que el brillante futuro académico que auguraba para su hija quedase destrozado.

Dos horas después, Kathy entró en el edificio de oficinas donde trabajaba cuatro noches a la semana. Le gustaba limpiar. Era tranquilo. Si realizaba su trabajo a tiempo, nadie le daba órdenes y no solía haber hombres por allí que la molestaran. Había descubierto rápidamente que nadie prestaba atención a los empleados de mantenimiento: su poca importancia los hacía invisibles, y eso era perfecto para Kathy. Nunca se había sentido cómoda con la atracción que provocaba su aspecto en el género masculino.

Dado que aún había empleados en sus puestos, primero se ocupaba de las zonas comunes. Hasta los más entregados al trabajo estaban recogiendo cuando empezaba con los despachos. Estaba vaciando una papelera cuando una impaciente voz masculina la llamó desde el otro extremo del pasillo.

—¿Es la limpiadora? Venga a mi despacho, ¡he derramado algo!

Kathy se dio la vuelta. El hombre del traje elegante giró sobre los talones sin dignarse a mirarla. Lo siguió rápidamente con el carrito hasta que desapareció tras la puerta que daba al lujoso despacho privado donde estaba el pretencioso juego de ajedrez. El cartel que ordenaba «No tocar» seguía allí. Sus labios se curvaron cuando echó un vistazo de refilón. Su desconocido contrincante había hecho otro movimiento. Ella haría el suyo durante su descanso, cuando fuera la única persona que quedase en la planta.

El despacho era enorme e imponente, con una fabulosa vista de la City de Londres. El hombre, de espaldas a ella, hablaba por teléfono en un idioma extranjero. Era muy alto, de espaldas anchas y pelo negro. De un vistazo, descubrió el líquido al que se había referido: una taza de café de porcelana, con el asa rota, había derramado su contenido por una zona extensa. Empapó el líquido oscuro lo mejor que pudo y fue a rellenar el cubo con agua limpia.

Sergio concluyó la llamada y se sentó ante el escritorio de cristal. Solo entonces se fijó en la limpiadora, que estaba arrodillada frotando la moqueta, al otro extremo del despacho. La larga melena que llevaba recogida a la nuca era una llamativa y metálica mezcla de tonos cobre, ámbar y caoba.

–Gracias. Con eso bastará –dijo, displicente.

–Si lo dejo ahora quedará mancha –le advirtió Kathy, alzando la vista.

Posó sus enormes ojos verdes en él. Sergio, abstraído, pensó que estaban enmarcados por pestañas dignas de un cervatillo de dibujos animados. El rostro acorazonado era inusual y de una belleza tan espectacular que él, que nunca miraba a una mujer, fue incapaz de desviar la vista. Ni siquiera la informe bata podía ocultar la gracia de su cuerpo esbelto y de largas piernas. Pensó de inmediato que no podía ser limpiadora. Debía ser una actriz o modelo en paro. Las mujeres tan bellas no se ganaban la vida fregando suelos. Se preguntó cómo había podido evadir a los gentes de seguridad.

Tal vez uno de sus amigos le estuviera gastando una broma, aunque le parecía improbable. Sería un truco demasiado juvenil para Leonidas, y Rashad, por su parte, había perdido el espíritu aventurero tras tener esposa e hijos. Tenía otros amigos, pero lo más probable era que la dama estuviera intentando engañarlo por sus propias razones.

Cuando Kathy enfocó al hombre que había tras el escritorio, se quedó boquiabierta un segundo al ver lo atractivo que era. Tenía el pelo negro y bien cortado, ojos brillantes como azabache pulido, pómulos bien esculpidos y nariz de patricio. Los latidos de su corazón se volvieron pausados y sonoros, dificultando su respiración.

—En la moqueta –puntualizó ella, obligándose a concentrarse en la tarea que había estado realizando, al tiempo que se ponía en pie.

Sergio, por su parte, estaba memorizando la perfección de sus rasgos. Las mujeres deslumbrantes no eran ninguna novedad para él. No entendía qué tenía su rostro para ejercer ese poder magnético sobre él. Se recostó en el asiento con indolencia simulada.

—Entonces, sigue limpiándola –dijo con voz ronca–. Pero antes de hacerlo, contesta a una pregunta. ¿Cuál de mis amigos te ha enviado aquí?

Ella curvó las finas cejas con gesto intranquilo. Su piel marfileño adquirió un tono rosado y dejó de mirarlo un segundo, pero sintió la necesidad de hacerlo de nuevo.

—Perdone, no entiendo qué quiere decir. Volveré después a limpiar esto.

—No, hágalo ahora –la orden de Sergio la llevó a detenerse. Él, al ver su sorpresa, empezaba a cuestionar sus sospechas iniciales.

Arrogante, exigente, obseso sexual… Kathy lo etiquetó mentalmente, sonrojándose de ira. Quería salir de allí, no era tonta. Sabía por qué le había preguntado si la había enviado un amigo suyo. En otra ocasión un esperanzado ejecutivo le había preguntado si era una stripper enviada por sus amigos. Le enojaba que presu-

mieran algo tan insultante basándose solo en su apariencia. Estaba haciendo su trabajo y tenía tanto derecho
como cualquiera a hacerlo en paz. Volvió a arrodillarse
y, de nuevo, sus ojos chocaron accidentalmente con los
ojos negros que destellaban chispas de fuego. Se quedó
transfigurada un momento, sin aire y con la boca seca.
Después parpadeó, se obligó a desviar la mirada y descubrió que tenía la mente en blanco; solo veía su atractivo rostro.

Sergio la observó atentamente y comprobó que no
hacía nada obvio por llamar su atención. La ropa de trabajo la cubría por completo y sus movimientos no eran
provocativos, así que no entendía por qué seguía mirándola. Había algo distinto en ella, un elemento desconocido que captaba su atención. El rubor que había teñido
su cremosa piel había provocado una instantánea reacción de sus hormonas viriles. Los impresionantes ojos
eran tan verdes como las manzanas agridulces del huer-
to de su abuelo inglés, y tenían una mirada sorprendentemente directa. El mohín de esa boca color fresa lo llevó a un desconcertante nivel de incomodidad.

Kathy siguió trabajando en la mancha, aunque sabía
que requeriría un tratamiento especializado más adelante. Le costaba pensar a derechas. Ningún hombre había
provocado una respuesta similar en ella desde Gareth, y
él nunca había conseguido obnubilar su pensamiento. A
pesar de que entonces había estado enamorada, era una
adolescente soñadora que se había dejado llevar por ri-
dículas expectativas románticas. Se dijo que su reacción
ante el bien trajeado ejecutivo no era más que un recor-
datorio de que la madre naturaleza la había bendecido
con las mismas reacciones químicas que a cualquier
otro ser humano, y la atracción sexual solo era una más
de ellas. Tal vez debería agradecer el descubrimiento de
que la desilusión y un corazón roto no habían podido
con su capacidad de sentir lo mismo que cualquier mujer normal.

–Disculpe… –murmuró con educación, yendo hacia la puerta para marcharse.

Sergio se levantó por instinto. Cerca del umbral, ella alzó la cabeza y sus ojos verdes expresaron su tensión. La protesta que él había estado a punto de expresar para impedir su marcha murió en sus labios. ¡Por todos los diablos, era una limpiadora y él un Torenti! Sus rasgos se tensaron y se impuso el autocontrol. Seguía pareciéndole difícil aceptar que una mujer tan bella hubiera estado trabajando tan cerca de su despacho. Y aún era más extraño que él trabajara hasta tarde sin la presencia de sus auxiliares. ¡Tenía que ser algún tipo de truco!

Sergio era consciente de que su fabulosa riqueza lo convertía en objetivo deseado. Las mujeres llegaban a todo para captar su atención. Aún era un adolescente cuando cualquier atisbo que pudiera haber habido de galantería en su carácter se transformó en el más puro cinismo. Demasiadas damiselas en apuros habían intentado atraerlo con falsos incidentes que iban de problemas mecánicos en el coche a llaves que se atascaban, vuelos misteriosamente perdidos, carencias de alojamiento de última hora o súbitas enfermedades. Innumerables mujeres habían utilizado trucos para conocerlo. Una supuestamente respetable e inteligente secretaria le había llevado el café en ropa interior, y otras muchas habían utilizado reuniones y viajes de trabajo para desnudarse y ofrecerse a él. A sus treinta y un años había recibido innumerables ofertas sexuales, algunas sutiles, la mayoría descaradas y algunas inequívocamente extrañas.

Kathy tomó aire cuando la puerta se cerró a su espalda. Se preguntó quién sería él, pero rechazó el pensamiento porque, al fin y al cabo, daba igual. Cuando pasó ante el tablero de ajedrez, con sus piezas de metal bruñido y gemas incrustadas, titubeó, estudió la partida y sacrificó un peón, con la esperanza de tentar a su contrincante a bajar la guardia. Se preguntó si sería él, pero le pareció improbable: había otros dos despachos que daban a ese vestíbulo, y en uno de ellos había media docena de mesas. Un tipo elegante que lucía gemelos de oro y con frío acento de clase alta, que clamaba a gritos colegio privado británico, no parecía candidato a intercambiar movimientos de ajedrez con un contrincante desconocido. Salió al pasillo para reanudar su trabajo.

Sergio estaba cerrando su ordenador portátil cuando sonó el teléfono.

—Tenemos al jugador secreto de ajedrez grabado, señor —reveló Renzo con satisfacción.

—¿Cuándo lo habéis conseguido? ¿Esta tarde?

—El incidente se produjo anoche. He tenido a un hombre revisando la grabación durante horas. Creo que le sorprenderá saber lo que he descubierto.

—Sorpréndeme —urgió Sergio, impaciente.

—Es una joven, miembro del equipo de limpieza, que trabaja en el turno de noche, una limpiadora llamada Kathy Galvin. Lleva un mes trabajando aquí,.

—Envía las imágenes a mi ordenador —ordenó Sergio. Sus rasgos denotaron incredulidad que pronto se convirtió en curiosidad.

Sergio contempló las imágenes estando aún Renzo al teléfono. Era ella: la deslumbrante pelirroja. La observó levantarse del sofá del vestíbulo, donde obviamente había estado descansando y estirándose. Echó un vistazo al tablero y movió el alfil blanco. Se pregunto si era sexista sospechar que alguien mucho más inteligente le había aconsejado el diestro movimiento a través de un teléfono móvil. Después, ella se soltó la coleta y se pasó un peine por el cabello. Le recordó a una sirena mostrando toda su gloria para atraer a los marineros hacia las rocas. Mientras estudiaba su exquisito rostro, se preguntó si ella sabía que había una cámara de seguridad grabando.

—Es mala conducta, señor —afirmó Renzo.

—¿Tú crees? —Sergio se levantó y salió al vestíbulo

con el teléfono en la mano. Miró el tablero y descubrió que había hecho un nuevo movimiento al salir. Sin duda con la intención de que él desvelara su identidad y mordiera el anzuelo. Incluso si sesteaba en el sofá, dedicarse a la limpieza debía suponer un gran reto para una mujer que solo tuviera intención de cruzarse en su camino.

–Será amonestada, y seguramente la empresa de limpieza la despedirá cuando presentemos una queja...

–No. Deja este asunto en mis manos y sé discreto al respecto –interpuso Sergio–. Yo me ocuparé.

–¿Se ocupará usted, señor? –repitió el jefe de seguridad con asombro–. ¿Está seguro?

–Por supuesto. Y quiero que desconectéis la cámara de vigilancia inmediatamente –Sergio colgó el teléfono. Sus astutos ojos oscuros resplandecían con chispas doradas. Finalmente, no era una auténtica y esforzada limpiadora que mereciera su respeto. Se preguntó por qué había estado dispuesto a creerlo siquiera unos minutos. Ese rostro y ese cuerpo gloriosos, unidos a la creativa partida de ajedrez encaminada a llamar su atención, apuntaban a otra cazafortunas al acecho.

Sergio pensó con sorna que se había abierto la veda. Era una estrategia de lo más original, y pensaba divertirse. Y cuanto antes mejor, porque al día siguiente abandonaría Londres para participar en un maratón de esquí campo a través en Noruega. Y después tenía negocios en Nueva York. Tardaría diez días en regresar al Reino Unido.

Enderezó su imponente cuerpo de un metro ochenta y siete de altura y salió del despacho en busca de su presa. La encontró limpiando un escritorio. Su fabuloso cabello resplandecía bajo las luces del techo. Cuando se irguió y lo vio en la puerta, sus delicados rasgos expresaron sorpresa. Sergio no tuvo más remedio que admirarla: sabía hacer su papel. Al ver su expresión nadie habría imaginado que había estado tentándolo con una partida que consideraba absolutamente privada durante casi tres semanas.

—Juguemos al ajedrez en el mundo real, *bella mia* – sugirió Sergio con voz fría y sedosa–. Te reto a acabar la partida esta noche. Si ganas, me tendrás a mí. Si gano yo, también. ¿Qué puedes perder?

Capítulo 2

KATHY miró fijamente a Sergio Torenti durante diez segundos. Todas sus expectativas se derrumbaron con ese inesperado reto que llegaba de un hombre tan poderoso físicamente como el que tenía delante. Durante mucho tiempo se había protegido a sí misma no corriendo riesgos y procurando no llamar la atención. El haberla provocado en un desconocido y comprender que había cometido un estúpido error la desarmó.

Aun así, era consciente de que lo que más le llamaba la atención era su arrogante, oscura y masculina belleza. Perdiera o ganara, estaba en oferta. Se preguntó si lo decía en serio y, si era así, si era capaz de aceptar el reto. Mientras limpiaba, había intentado convencerse de que él no podía ser tan atractivo como le había aparecido. Pero verlo de nuevo, en carne y hueso, dio al traste con esa razonable conclusión. Sentía el más extraño placer solo con contemplar las arrogantes aristas de sus bellos rasgos. Sintió mariposas en el estómago, junto con una emocionante sensación de peligro. Entreabrió los labios sin saber qué decir.

—Yo... ejem...

—¿Te asusta un combate cara a cara? —murmuró él con claro desprecio, mientras sus brillantes ojos negros la taladraban como rayos láser.

Kathy sintió un intenso pinchazo de ira cuya sensación casi había olvidado. Alzó la barbilla.

—¿Está de broma? —contestó.

—Entonces, vamos a jugar —Sergio dio un paso atrás para que saliera antes que él.

—Pero estoy trabajando —protestó Kathy, incrédula, moviendo la cabeza—. Por Dios, ¿quién es usted?

—¿Lo preguntas en serio? —arqueó una ceja oscura con ironía.

—¿Por qué no iba a hacerlo?

—Soy Sergio Torenti, propietario del Grupo Torenco —contestó Sergio con voz seca, preguntándose si a ella le parecía inteligente decir algo que él consideraba ultrajante—. Todas las empresas del edificio me pertenecen. Me resulta difícil creer que no seas consciente de ese hecho.

Kathy se quedó helada en el sitio. No se le había pasado por la cabeza que pudiera ser alguien tan importante. Pero lo cierto era que ni siquiera había oído su nombre antes. Solo trabajaba en esa planta y no tenía el más mínimo interés en el mundo de los negocios ni en el de las personalidades que ocupaban el edificio durante el día.

—¿Vas a jugar o no? —insistió Sergio, impaciente.

Dentro de Kathy, una descarga de adrenalina forcejeó con su instinto de supervivencia. Era obvio que había elegido el tablero de ajedrez equivocado con el cual explayarse. Ni siquiera había sospechado que él pudiera ser su oponente. Decidió que su aspecto urbanita y elegante la habían engañado. Irradiaba un aura de sofisticación y frialdad. Pero la elegancia de su traje ocultaba a un depredador de pura sangre, un jugador agresivo e inteligente que aprovechaba cualquier oportunidad táctica para atacar. En resumen, era un hombre incapaz de resistirse a cualquier reto que le permitiese demostrar su superioridad. No era un tipo con quien enredarse, ni a quien ofender.

—Podría tomarme el descanso ahora —dijo Kathy, dispuesta a recibir su castigo, en vez de ganarle con los dos siguientes movimientos que tenía planeados. Sería más inteligente concederle el triunfo.

Sergio asintió con los párpados entornados, porque aún tenía que dilucidar qué guion seguía ella. ¿Realmente pretendía que creyera que desconocía su identidad?

—He pedido que trasladen el tablero a mi despacho, para poder jugar sin interrupciones.

El corazón de ella se había disparado por la tensión nerviosa. Él abrió la puerta del despacho y le cedió el paso. Ella captó durante un segundo el leve aroma de una cara colonia masculina. Inspiró.

—¿Cómo ha sabido que era yo? ¿Cómo lo descubrió?

—Eso no tiene importancia.

—Para mí sí la tiene —se atrevió a decir ella.

—Cámaras de vigilancia —dijo él.

Kathy palideció. Que hubiera una cámara de seguridad en el vestíbulo la apabulló. Se tomaba su descanso allí, y una o dos veces, agotada, había activado la alarma de su reloj de pulsera y se había echado una siesta en el sofá. Una prueba de eso bastaría para que perdiera el empleo.

—¿Quieres beber algo?

Kathy, su esbelto cuerpo tenso como un arco, se detuvo en el centro de la habitación. La luz iluminaba el tablero y los sofás que había en el rincón. Era un entorno muy íntimo. Si su supervisora aparecía y la encontraba allí, se haría una idea muy equivocada, y consumir bebidas alcohólicas era causa de despido.

—¿Está intentando que pierda el trabajo?

—Si tú no dices nada, yo tampoco lo haré —contestó Sergio con premeditada indiferencia.

Una negativa automática acarició los labios de Kathy, pero de repente, ganó su rebeldía. Si ya tenía pruebas de que había sesteado en su periodo de descanso, no tenía sentido protegerse. «Solo se es joven una vez», le había dicho Bridget ese mismo día. Pero lo cierto era que Kathy nunca había sabido lo que era ser joven y despreocupada. Desde que había recuperado la libertad había seguido cada norma al dedillo, por pequeña o injusta que fuera. Ese hábito estaba grabado en su piel, era el marco de seguridad que regía su vida. La partida de ajedrez había sido la única desviación, y solo porque había sido incapaz de resistirse a la tentación de revivir los retos que su padre le había impuesto en otros tiempos. De hecho, no recordaba la última vez que había probado el alcohol, y eso hacía que se sintiera patética, triste y desafiante. Nombró un cóctel de moda que había visto anunciado en un cartel.

–Pareces muy tensa –Sergio le ofreció la copa. Unos traslúcidos ojos verdes se posaron en él, ofreciendo un apetitoso contraste con la piel de alabastro y el cabello rojo. Ella, como esperaba, la aceptó–. No te pongas tensa, *bella mia*. Me pareces increíblemente atractiva.

El enfado y vergüenza que Kathy solía sentir en momentos así brillaron por su ausencia. Comprendió qué había hablado en serio y sintió que el corazón se le desbocaba y caía a sus pies. La asombró descubrir que le gustaba lo que oía. Cerró los dedos sobre la copa, temblorosos. Tomó un sorbo y luego otro, para ocultar la realidad de su debilidad física. Era impropio sentirse excitada. Cuando se atrevió a alzar la vista hacia sus asombrosos ojos oscuros y moteados de oro, se quedó sin aliento.

Sergio bajó su oscura cabeza lentamente. Estaba divirtiéndose, tanteando los límites. El aroma delicado y fresco de su piel hizo que su cuerpo duro y fuerte se tensara. Sintió una súbita excitación que le sorprendió y puso fin a su actitud burlona. Reclamó sus deliciosos labios rosados con urgencia devastadora, y ese primer contacto incrementó su apetito.

A Kathy le costaba creer lo que estaba haciendo, pero habría sido incapaz de moverse un milímetro para evitarlo. La asolaba una tormenta de sensaciones que la dejó mareada y desorientada. Sintió fuegos artificiales estallando en todo su cuerpo. Una dulce calidez se aposentó en su vientre y los músculos de su pelvis se tensaron. Se estremeció con violencia cuando la caricia de su lengua tentó la tierna cueva de su boca. El pinchazo de deseo que desgarró su cuerpo fue casi demasiado intenso, y emitió un gemido de protesta.

–Estás tan caliente que quemas –dijo Sergio, y su voz grave dejó traslucir un leve acento italiano–. Pero tenemos una partida a medias.

Kathy no supo como sus piernas consiguieron llevarla hacia el sofá y su lado del tablero. Le habría resultado más fácil derrumbarse en sus brazos que alejarse de él, y eso la inquietó aún más. Sentía el cuerpo tenso, ardiente y distinto. Sensaciones nuevas para ella la asaltaban. Pero su cerebro no dejaba de enumerar sus errores. No debería estar a solas con él en un despacho, no debería haber permitido que la besara y, mucho menos, animarlo respondiendo al beso. Pero, aunque su inteligencia sabía todo eso, el hambre que había despertado en ella, y la decepción de no haberla visto satisfecha, tenían aún más fuerza.

Dos movimientos después, la partida de ajedrez acabó. Sergio frunció sus negras cejas y la ira chispeó en sus ojos, dándoles un tinte de bronce bruñido.

–¿O alguien te ha estado diciendo cómo jugar estas tres últimas semanas, o acabas de dejarme ganar!

–Ha ganado… ¿de acuerdo? –musitó Kathy, sorprendida por su discernimiento, pero dispuesta a capear el temporal.

–No, no vale. ¿Cuál de las dos cosas ha sido? –preguntó Sergio con voz gélida.

Siguió un silencio sofocante. Ella, tan tensa que ni siquiera podía tragar saliva, se puso en pie.

–Debo volver al trabajo.

Sergio, con odio estampado en los rasgos, se irguió sobre ella.

–No irás a ningún sitio hasta que me contestes.

–Por Dios santo, solo es un juego –balbuceó Kathy, anonadada por su ira.

—Contéstame —ordenó Sergio.

—Le he dejado ganar... ¿de acuerdo? —Kathy soltó un suspiro y movió las manos en el aire, quitando importancia a la respuesta.

—¿Es eso lo que creías que esperaba de ti? —Sergio no recordaba haberse sentido nunca tan airado por una mujer—. ¿Me consideras tan vanidoso como para necesitar una falsa victoria que halague a mi ego? —escupió él con desprecio—. No necesito ese tipo de sacrificio ni de adulación. Así no vas a complacerme.

—¡Entonces debería dejar de mangonearme y comportarse como un bruto! —le devolvió ella con voz aguda y chillona—. ¿Cómo espera que me comporte? ¿Cómo se supone que debo enfrentarme a usted? No simulemos que esto es un terreno de juego justo o que me ha dado la oportunidad de...

—No me grites —interrumpió Sergio con voz glacial, desconcertado por su acusación.

—Si no lo hiciera, no me escucharía. Siento haber tocado su estúpido tablero de ajedrez, pero solo lo hice por divertirme un rato. Siento haberle dejado ganar y haberle ofendido. Pero no pretendía complacerle... ¡complacerle me importa un comino! —exclamó Kathy, asqueada—. Solo intentaba aplacarlo... Debería estar trabajando. No quiero perder mi empleo. ¿Puedo volver al trabajo ya?

Esa actitud hizo que Sergio revisara su actitud. Era poseedor de una mente brillante y tenía un talento sin igual para la estrategia. En los negocios era invencible, porque unía su instinto de supervivencia al de un tiburón asesino, carente de emoción. Había aprendido a no aceptar a la gente a primera vista. Pero una mujer que pretendiera impresionarlo no le gritaría. No tenía ninguna prueba de que hubiera algo calculado en el comportamiento de Kathy Galvin. ¿Por qué iba ella a saber quién era él?

—Así que solo eres la limpiadora —aseveró Sergio, tras analizar los datos.

Kathy se ruborizó de indignación, preguntándose qué demonios podía significar ese comentario. Tal vez la había tomado por una espía. O por una prostituta escondida tras una fregona.

–Sí –contestó con voz tensa–. Solo la limpiadora…, disculpe.

Cuando la puerta se cerró a su espalda, Sergio maldijo en italiano; no había sido su intención ofenderla. Sonó el teléfono. Era Renzo de nuevo.

–He realizado comprobaciones sobre la limpiadora con intereses ajedrecísticos…

–Son innecesarios –interpuso Sergio.

–Galvin tiene un currículum dudoso, señor –el hombre se aclaró la garganta–. Dudo que sea lo que dice ser. Aunque es una chica brillante con notas muy altas en la escuela, su experiencia profesional solo incluye un empleo reciente en un restaurante. No cuadra. Hay un periodo de tres años sin ninguna explicación. Según explica, los pasó viajando, pero no me lo creo.

–Yo tampoco –el rostro delgado y duro de Sergio se tensó al pensar que por primera vez en una década casi había sido engañado por una mujer.

–Creo que debe ser otra cazafortunas, o incluso una periodista. Pediré a la empresa de limpieza que la retire de nuestra plantilla. Gracias a Dios, es problema de ellos, no nuestro.

Pero Sergio no estaba dispuesto a dejar que Kathy Galvin se fuera tan fácilmente. Él nunca había dado la espalda a un reto.

Kathy trabajó a toda velocidad, intentando que sus inquietos pensamientos se dispersaran con una actividad frenética. El tratamiento recibido le había provocado enojo y confusión. Sergio Torenti era un tipo guapísimo con un problema grave de actitud cuando alguien se ponía en su contra. Sin embargo, cuando la había besado, todas sus carencias parecían haber desaparecido. Tal vez, por un momento, había conseguido que ella olvidara que no era más que la limpiadora. Debía tener al menos treinta años y era demasiado maduro para ella. Metió la fregona en el cubo con furia. Ella no tenía nada en común con un hombre maduro y millonario, dueño de un edificio, que se enojaba cuando un pobre mortal se atrevía a tocar su tablero de ajedrez.

Empezó a preguntarse si estaba condenada a morir virgen. Los años pasaban sin que a ella le hubiera interesado ningún hombre. Sergio Torenti era el primero que la había atraído desde que Gareth la abandonó. Era algo poco inteligente y se dijo que la química sexual era algo muy extraño. No había existido con los hombres que coqueteaban con ella en la cafetería. Debía ser demasiado exigente. Pero no había duda de que nueve de cada vez diez mujeres considerarían a Sergio Torenti irresistible. A ella nunca le habían gustado los hombres de aspecto infantil o que podían denominarse «guapos». La tez oscura y los rasgos duros de Sergio eran una fusión de el estilo clásico de belleza y una virilidad hipnótica y extremadamente sexy. Kathy, ensimismada, cada vez fregaba con menos vigor.

—¿Kathy…?

Alzó la cabeza y sus claros ojos verdes denotaron preocupación. Al ver al objeto de sus pensamientos más íntimos a menos de dos metros de distancia, dio un respingo. Notó que su piel enrojecía de culpabilidad y deseó que la tierra se abriera bajo sus pies.

—¿Sí?

—Te debo una disculpa.

Kathy asintió con firmeza.

Sergio, que había estado esperando una protesta, rio con admiración. Estaba realizando una actuación digna de un Oscar en cuanto a expresar sinceridad. Se preguntó si el objetivo era que ese candor le resultara una cualidad refrescante. Una novedad para el paladar de un mi-

llonario que lo había probado todo. No lo sabía y no le
importaba. Las pestañas de cervatillo se agitaron sobre
los increíbles ojos y él sintió las garras del deseo clavarse en su entrepierna. Le daba igual que ella acabase vendiendo la historia a alguna revista sensacionalista y de
mal gusto. Con solo mirar su rostro, sus instintos más
básicos y masculinos ganaban la partida. Provocaba en
él una reacción primitiva y poderosa que hacía años que
no sentía. Casi le dolía mirarla y no tocarla. Estaba seguro de que solo acostarse con ella podría satisfacerlo. Y
nunca se negaba un capricho.

–¿Jugarías otra partida conmigo cuando acabe tu
turno? –le preguntó con voz sedosa.

Kathy se quedó asombrada por la disculpa y por la
invitación. Un breve encontronazo con esos ojos oscuros y al tiempo cristalinos y fríos como una lago subte-
rráneo le hizo percibir su peligro: la poderosa personali-
dad que ocultaban en sus profundidades. Un hombre
inteligente y despiadado que nadie desearía tener como
enemigo. La desconcertó seguir considerándolo increíblemente atractivo incluso tras percibir esos rasgos en
él. Tragó saliva y se esforzó por dar supremacía a su
prevención.

–Me temo que no acabo hasta las once –dijo.

–Eso no es problema.

–¿No? –la tentación se agitó con fuerza.

–No. Aún no he cenado. Enviaré a un coche para
que te recoja cuando acabes.

–¿No podemos jugar aquí? –Kathy se rindió pero
con condiciones. No quería arriesgarse a que la vieran
con él. Y tampoco quería subirse a un coche desconocido que la llevaría solo Dios sabía dónde, para luego tener que encontrar el camino de vuelta a casa sola y ya
de madrugada.

–Si es lo que quieres… –su sorpresa fue patente.

–Sí.

Kathy lo vio alejarse con pasos largos y fluidos. Estaba asombrada, casi no podía creer que la hubiera convencido tan fácilmente. Exasperada, se dijo que solo se trataba de una partida de ajedrez. Él seguía queriendo la victoria. Y si volvía a besarla, ella… simplemente procuraría que no ocurriera. Sería un sinsentido, teniendo en cuenta el imperio que dirigía él y el pasado de ella. No quería que volvieran a darle una patada en la boca. No tenía sentido exponerse a sufrir. Pero no le haría ningún daño ejercitar su cerebro.

Cinco minutos antes de las once, Kathy se refrescó en el aseo. Dobló la bata y la guardó en su bolsa. Llevaba una camiseta color turquesa que se adhería a sus curvas. Se puso de lado, tomó aire y arqueó la espalda. Su pecho seguía siendo mínimo. Se encontró con sus ojos en el espejo y se sonrojó de vergüenza.

Kathy tenía veintitrés años, pero en ese momento se sentía tan nerviosa como una adolescente. La incomodaba esa sensación de ignorancia e inseguridad. Los años en los que podría haber adquirido cierta experiencia, de los diecinueve a los veintidós, le habían sido robados. Enterró ese amargo pensamiento en cuanto surció su mente, intentaba no ver la vida de esa manera, porque lo ocurrido no tenía vuelta atrás. Había pasado tres años en la cárcel por un delito que no había cometido, y cargaba con las cicatrices, tanto físicas como emocionales. Pero pocos habían creído en su inocencia y, de hecho, la habían juzgado con más severidad por atreverse a proclamarla. Se dijo que debía dejar el pasado atrás, seguir adelante.

Cuando entró al despacho, a Sergio le impactó ver su esbelta figura y largas piernas cubiertas con una camiseta y pantalones vaqueros. El exotismo de sus pómulos era más obvio rodeado por la gloriosa melena que caía hasta sus hombros, del color de la mermelada de naranja iluminada por el sol, con toques de ámbar y ocre; un marco perfecto para la piel blanca y los ojos verde manzana.

–¿Has sido modelo alguna vez? –preguntó él, mientras le servía otra copa.

–No. No me hace ilusión la idea de caminar medio desnuda por una pasarela. Además, me gusta demasiado la comida. ¿Podrías ofrecerme una bolsa de patatas fritas? –con el estómago rugiendo de hambre, Kathy había visto las bolsas de aperitivos en el mueble bar.

–Sírvete tú misma. Pareces más relajada que antes –comentó Sergio.

–Ahora estoy en mi tiempo libre –Kathy se acomodó en el sofá, comiendo patatas mientras jugaba. El sabor salado le daba sed y tomaba sorbos frecuentes de su copa. Solo se permitió estudiarlo de cerca tras varios movimientos, cuando él parecía absorto.

Por más que lo escrutaba, Sergio Torenti seguía dejándola sin respiración. Era guapísimo. Cabello y pestañas como seda negra, hipnotizantes ojos oscuros y una boca dura y sensual. Se había afeitado desde la última vez que lo había visto, la sombra oscura de su mandíbula había desaparecido. Se preguntó si eso significaba que pretendía besarla de nuevo. La idea provocó una oleada de calor en su vientre y en zonas más íntimas de su cuerpo, pero se recordó que estaba allí para jugar al ajedrez, no para flirtear.

–Tú mueves –dijo Sergio, alzando la vista.

Ella ocultó la mirada bajando las pestañas y estudió el tablero.

–¿Quién te enseñó a jugar? –preguntó Sergio, que analizaba sus movimientos, rápidos y certeros, que no dejaban lugar a duda respecto a su destreza.

–Mi padre.

–A mí el mío –su rostro se ensombreció y siguió un largo silencio. Tras mover pieza, vio que ella había terminado su copa y fue a rellenarla.

Los ojos verdes de ella lo siguieron. Todo en él la fascinaba: el corte de pelo, la elegancia de su traje, el discreto brillo del oro en la muñeca y en los puños de su

Chicago Public Library
Toman
7/1/2016   10:56:37 AM
-Patron Receipt-

ITEMS BORROWED:

1:
Title: El Hijo del Siciliano.
Item #: R0422114641
Due Date: 7/22/2016

2:
Title: Cautiva del italiano /
Item #: R0604696532
Due Date: 7/22/2016

-Please retain for your records-

VEGA

camisa, el movimiento fluido de sus manos morenas cuando hablaba. Era pura elegancia y control.

–Si sigues mirándome así, nunca acabaremos la partida, *bella mia*.

Kathy enrojeció y aceptó la copa que él le ofrecía con una mano temblorosa. La avergonzó que hubiera interpretado sus pensamientos de forma tan certera y también le recordó que no sabía nada de él.

–¿Estás casado? –preguntó.

–¿Por qué lo preguntas? –Sergio arqueó una ceja con sorpresa.

–¿Eso es un sí o un no?

–Soy soltero.

Aunque Kathy notó que empezaba a írsele la cabeza, evitó la trampa que él le había tendido en el tablero y esbozó una sonrisa victoriosa.

–Eres buena –concedió Sergio, divertido por la idea de que quizá también ella había tenido la intención de que fuera una partida rápida–. Son tablas. ¿Verdad o mentira?

–Verdad.

La descarada y desafiante sonrisa de ella hizo surgir al cavernícola que llevaba dentro. Se inclinó hacia ella, metió la mano entre los mechones cobrizos y alzó su rostro para luego entreabrir los deliciosos labios rosados y hacer el amor con su boca.

Ese súbito arrebato devastó a Kathy. El deseo recorrió su cuerpo como una serie de explosiones de sensación. La besaba con un erotismo que la embrujaba. Cuando la atrajo hacia él, lo rodeó con los brazos para equilibrarse, se sentía mareada. Tal vez fuera culpa del alcohol, pero ella decidió acallar esa sospecha y no sucumbir a su necesidad de jugar a lo seguro. La excitación le quitaba el aliento y tenía el corazón desbocado. Por primera vez, que ella recordara, se sentía joven, viva y carente de temor.

–No puedo quitarte las manos de encima –le dijo Sergio.

—Estábamos jugando al ajedrez —le recordó Kathy con un suspiro.

—Prefiero jugar contigo, *delizia mia*.

Eso fue demasiado atrevido para ella. Sus mejillas se arrebolaron y su confusión resultó patente. Él recorrió su exquisito rostro con ojos ardientes y soltó una risotada irónica. Volvió a inclinar la oscura cabeza. La invasión de su lengua fue belicosamente sensual y ella se apretó contra el duro cuerpo masculino sin poder evitarlo. Sintió la dura e íntima prueba de su excitación clavarse en su bajo vientre y se estremeció. Agarró sus acerados y duros hombros. Se sentía atrapada por él. Sentía un nudo de deseo aflojarse y distenderse en su pelvis, llenándola de anhelo e impaciencia. Sus dedos se enredaban en el cabello negro y disfrutaban de su sedosa textura y el olor de su piel ejercía en ella un efecto afrodisíaco.

Sergio había planeado terminar la partida antes de ir a más y había cumplido su plan. Siempre lo planificaba todo. Pero el deseo era puro fuego en su sangre y esa intensidad era nueva para él. El esbelto cuerpo se acoplaba al suyo como si hubiera nacido para eso. Era como sentir la influencia de una droga y quería más, la quería entera. La recostó en el sofá y se quitó la chaqueta y la corbata.

El breve momento de separación llevó a Kathy a preguntarse qué estaba haciendo. Aunque tenía la mente nublada, se dijo que debía levantarse. Con el cabello desparramado sobre el sofá, puro esplendor bruñido, lo miró, con ojos velados de pasión e incertidumbre y labios enrojecidos por la pasión. Él eligió ese momento para sonreírle.

—Eres deslumbrante —y su sonrisa tenía tanta fuerza carismática que ella sintió que el corazón le botaba en el pecho como una pelota de goma.

Sergio posó la boca en la vena azulada que latía alocadamente en la base de su cuello y ella gimió. Su cuerpo ronroneaba como un motor y no sabía cómo soportar la tensión. Él encontró la piel desnuda bajo la camiseta y cerró la mano sobre un pequeño y dulce montículo. Ella se quedó rígida un instante, había olvidado que no llevaba sujetador y la caricia la pilló por sorpresa. Él alzó la tela color turquesa y expuso los pequeños senos a su escrutinio.

–Deliciosos –anunció con satisfacción, capturando un pezón rosado entre dedo y pulgar y apretándolo hasta obtener un gemido de placer. Utilizó la lengua para humedecer el tenso botón e iniciar un lento proceso de tortura sensual. Las caderas de ella empezaron a agitarse y alzarse, sus muslos se tensaron con una sensación de vacío interior. Jadeaba mientras él excitaba sus pezones hasta sensibilizarlos al máximo.

Las reacciones se sucedían una tras otra, demasiado rápidamente. Se sentía dominada por un frenesí sensual insoportable. Él se apartó para quitarle los pantalones. Ella recuperó la conciencia un instante y parpadeó con vaga sorpresa al ver sus piernas denudas. Su cuerpo se estremecía con temblores de deseo. Se encontró con los llameantes ojos oscuros y todo pensamiento se borró de su mente.

–Sergio –susurró, perdida de nuevo.

Él enredó los dedos morenos en la cascada de cabello y la besó con pasión devoradora. Ella se molestó cuando sintió un tirón en el pelo y gimió con dolor.

–No te muevas. Tu pelo se ha enganchado –gruñó él, desabrochándose el reloj de pulsera. Desenredó el cabello y dejó el reloj a un lado,.

Kathy luchó con los botones de su camisa hasta que él apartó sus manos y se ocupó del tema.

–Necesitas práctica –dijo–. Te proporcionaré cuanta necesites, *delizia mia*.

El contorno musculoso y velludo de su torso bajo las manos le pareció increíble. Deseó explorar más, pero él la aplastó contra el sofá para atrapar su boca de nuevo.

En ese mismo instante, su mano descubrió el centro húmedo, hinchado y más íntimo de su cuerpo, y ella perdió toda opción de resistirse. Nunca antes la habían tocado ahí, y ni había soñado que fuera un punto tan sensible. Pero la destreza erótica de él se lo demostró. La exquisita sensación la sumergió en un placer incoherente que la llevó a estremecerse, gemir y debatirse.

Sergio nunca se había sentido tan excitado por una mujer. Ya no pensaba en quién podía ser. Su respuesta descontrolada y pasional había derrumbado sus defensas como una carga de dinamita. Y una vez desatada su pasión sensual, no tenía más remedio que pasar a la acción. Se situó sobre ella con un ágil y fluido movimiento. Ella tembló al sentir la presión en ese lugar tierno e íntimo. Sus ojos se ensancharon y se tensó inquieta en el mismo momento en que él la penetraba con un gruñido de satisfacción. No estaba preparada para el agudo dolor que hizo que un grito escapara de sus labios.

Sergio frunció las cejas y escrutó su rostro.

—Cielo santo… ¿soy el primero?

—No pares —Kathy cerró los ojos con fuerza. Se sentía como si estuviera en el centro de un tornado, a pesar del dolor, su cuerpo anhelaba más.

Él colocó las manos bajo sus caderas para facilitar la entrada, haciendo uso de una lenta destreza sexual intensamente erótica. El corazón de ella se desbocó mientras él deleitaba cada uno de sus sentidos. La excitación volvió con más fuerza que antes. Empezó a sentir que las oleadas de placer se sucedían, atenazándola con más fuerza cada vez, atormentándola con una necesidad insoportable. Escaló buscando la última y se entregó a un clímax que la consumió con la fuerza de un huracán y la zarandeó en un vuelo libre de deleite.

Pero el deleite duró poco.

—Hacía mucho que una mujer no me hacía sentir tan bien, *belleza mia* —murmuró Sergio con voz ronca, abrazándola.

—Yo nunca me había sentido así… nunca —dijo ella, aún atónita por la experiencia y disfrutando de una sensación de conexión física seductoramente nueva para ella.

—Tengo una pregunta vital —la mirada de Sergio resultó incómodamente fría y escrutadora—. ¿Por qué me has entregado tu virginidad?

Kathy se quedó anonadada por un pregunta tan directa, más aún porque parecía sugerir que ella había tomado una decisión consciente; sin embargo, para su vergüenza, su entrega había sido impulsiva e incontrolada.

—Ha sido una experiencia gratificante y que en absoluto esperaba —confió Sergio. Movió la cabeza, suspicaz—. Pero sé y acepto que los placeres especiales siempre tienen un coste y preferiría saber ahora mismo qué esperas a cambio.

—¿Por qué iba a tener que costarte algo? —preguntó ella, arrugando la frente.

—Soy un hombre muy rico. No recuerdo la última vez que disfrute de algo gratuito —siseó Sergio con desdén.

Cuando Kathy comprendió lo que quería decir se sintió apabullada. Liberó su delgado cuerpo del peso del de él con un airado gesto. ¿Cómo había podido compartir su cuerpo con un tipo que parecía pensar que quería obtener un beneficio económico del intercambio? No se habría sentido más avergonzada si la hubieran obligado a caminar por la calle desnuda con un cartel colgado del cuello y la palabra «furcia» escrita en mayúsculas.

Entretanto, Sergio había descubierto algo más por lo que preocuparse. Maldijo en italiano.

—¿Utilizas algún tipo de anticonceptivo?

Kathy se sentía mareada, enferma y desconsolada. Le costaba creer lo que había hecho. Lo estúpida que había sido. Pero no podía pensar en eso mientras siguiera en su presencia. Tenía que concentrar su energía en huir de la escena del peor error de su vida. Buscó su ropa con la mano.

—No, pero tú has usado protección.

—El preservativo se ha roto —afirmó Sergio con rostro sombrío, ya vistiéndose.

Kathy dio un respingo y palideció más aún, pero no dijo nada. Ni siquiera quería mirarlo. Pensó que eso era lo que se sentía al tener intimidad con alguien desconocido: incomodidad, humillación y vergüenza. Con manos temblorosas, se puso las bragas, la camiseta y los pantalones.

—Obviamente, no parece preocuparte —gruñó Sergio, indignado por que lo estuviera ignorando.

—En este momento, lo que más me preocupa es haber practicado el sexo con un tipo horrible. Sé que tendré que vivir con este error mucho tiempo —dijo Kathy con fiero arrepentimiento—. Quedarme embarazada de ti añadiría otra dimensión a esta pesadilla y creo que ni siquiera yo podría tener tan mala suerte.

—Dudo que esa fuera tu reacción si ocurriera. Tener un hijo mío podría ser una opción muy lucrativa para tu estilo de vida —farfulló Sergio, gélido.

—¿Por qué crees que todo el mundo intenta robarte? —exigió Kathy con una cólera que estaba acabando con su deseo de refugiarse en un rincón oscuro—. ¿O acaso reservas las acusaciones ofensivas para mí? No debería tontear con el personal de limpieza, señor Torenti. ¡No tienes los nervios templados para eso!

—Tienes que calmarte para que podamos hablar de esto como adultos —dijo Sergio con sus ojos oscuros fijos en los de ella, de nuevo desconcertado por su comportamiento—. Siéntate, por favor.

—No —Kathy negó con vehemencia y su revuelto cabello cobrizo se agitó alrededor de su rostro arrebolado—. No quiero hablar de nada contigo. He bebido demasiado. Hice algo que desearía no haber hecho. Has sido muy, pero que muy grosero conmigo.

–Esa no era mi intención –dijo Sergio, intentando buscar la paz, mientras seguía observándola. Su enfado parecía convincentemente real.

–No, ¡te importa un cuerno ser o no grosero! –Kathy soltó una risa desdeñosa, no pensaba dejarse engañar otra vez–. Crees que puedes permitírtelo.

–Posiblemente tengas razón –farfulló Sergio con el mismo tono pacificador–. Es una desgracia que las cazafortunas me consideren un objetivo...

–¡Te mereces una cazafortunas! –escupió Kathy con convicción–. Si piensas por segundo que esa excusa te da derecho a haberme hablado como si fuera una prostituta, ¡te equivocas de plano!

–No creo haber ofrecido una excusa.

–No, ni siquiera tienes suficiente educación para eso, ¿verdad? –Kathy lo miró con desprecio.

–Si dejas de hablar de mis defectos, creo que tenemos cosas más importantes que considerar.

–Dudo que esté embarazada, pero si ocurriera lo peor, no necesitas preocuparte de nada –le lanzó Kathy, yendo hacia la puerta–. ¡Ni siquiera me plantearía la opción «lucrativa para mi estilo de vida»!

–Eso no tiene gracia –dijo Sergio con voz dura.

–Tampoco la tienen tus presunciones sobre mí – Kathy se alejó por el pasillo y, cuando comprendió que la seguía, casi corrió hacia el ascensor. Apretó el botón de cerrar la puerta, pero él consiguió entrar. El reducido espacio le dio sensación de claustrofobia. Irradiando oleadas de hostilidad, lo ignoró. No podía entender por qué no captaba el mensaje y la dejaba en paz.

Sergio echó una vistazo a su muñeca y descubrió que no llevaba puesto el reloj, lo había dejado en su despacho.

–Es tarde. Te llevaré a casa.

–No, gracias.

Cuando el ascensor se detuvo, Sergio interpuso su poderoso cuerpo entre ella y la puerta que se abría.

–Te llevaré a casa –insistió con firmeza.

–¿Qué parte de la palabra «no» es la que no entiendes?

Sergio se acercó más a ella. Escrutó su rostro airado con ojos oscuros moteados de oro. Su actitud desafiante y su negativa a ser razonable le resultaban tan lejanas a su experiencia con la mujeres que estaba atónito.

–Estoy enfadándome contigo –le advirtió Kathy, con voz rasposa, mirándolo a su pesar. Sus miradas se encontraron y parecieron quedar unidas por una corriente eléctrica. El corazón se le aceleró y sintió la boca seca.

–Pero sientes la corriente que existe entre nosotros igual que yo, *bella mia* –dijo Sergio, tomando su rostro entre las manos morenas y acariciando la cremosa piel con los pulgares.

Ella se quedó helada un instante, hechizada por la caricia. Era extraordinariamente consciente del pálpito que sentía entre los muslos y del intenso magnetismo sexual de Sergio. Su cerebro no tenía ningún control sobre su cuerpo. La aterrorizaba que aún fuera capaz de provocar esa respuesta en ella y se puso a la defensiva, negando su reacción.

–¡No siento nada!

Consiguió esquivarlo con un movimiento rápido, salió al luminoso y enorme vestíbulo y se encaminó hacia la salida. Estaba desconcertada por lo que había permitido que ocurriera entre ellos.

–Kathy –gritó Sergio, al límite de su paciencia; no había creído que fuera a marcharse así.

–¡Piérdete! –respondió Kathy, sin inmutarse por el hecho de que tenían audiencia. Uno de los dos guardias nocturnos, que habían estado mirando al vacío, se acercó rápidamente y le abrió la puerta. Ella salió a la calle.

Renzo Catallone se acercó desde su discreta posición tras una columna e interceptó a su jefe. Era un hombre fuerte de cuarenta y mucho años, y parecía incómodo.

–Yo…

–Aunque comprendo que tu función es ocuparte de mi seguridad, a veces tu celo me resulta excesivo –le informó Sergio con sequedad–. Se acabaron las preguntas e investigaciones sobre Kathy Galvin. Queda fuera de tus obligaciones.

–Pero…, señor… –empezó Renzo con expresión consternada.

–No quiero escuchar ni una palabra más sobre ella –interrumpió Sergio con determinación–. Exceptuando una cosa: su dirección.

Capítulo 3

Kathy, tumbada en la cama, no podía dormir.

Daba vueltas y más vueltas mientras sus emociones se debatían entre la ira, el dolor, la vergüenza y el resentimiento. Sobre todo, se sentía decepcionada consigo misma. No había hecho caso de sus recelos; aburrida de su vida rutinaria, se había rebelado como una adolescente. Llevaba un vida demasiado tranquila y segura y Sergio Torenti había sido una tentación irresistible. Pero culpaba al alcohol por de haberle hecho perder el control. ¿Por qué había simulado que solo la atraía la posibilidad de una partida de ajedrez?

Posó los dedos abiertos sobre su vientre, aprensiva. La idea de quedarse embarazada la aterrorizaba: ya era suficiente reto ocuparse de sus propias necesidades. Sin embargo, se amonestó mentalmente por su pánico, ya que no llevaría a ningún sitio. Siempre parecía esperar lo peor. Era cierto que había tenido muy mala suerte en los últimos años, pero todo el mundo pasaba por malas épocas en algún momento.

A la mañana siguiente dio de comer a Tigger e intentó concentrarse en tener solo pensamientos positivos. Era su día libre y no podía permitirse desperdiciarlo. Tenía que ir a la biblioteca para recopilar información para un trabajo. Llevaba un año matriculada en la Universidad a Distancia para hacer una carrera. Sin embargo, de camino a la biblioteca entró en una farmacia y leyó las instrucciones de la caja de una prueba de embarazo para saber cuándo sería el momento de hacérsela.

Estaba en la parada del autobús cuando sonó su teléfono móvil. La contrata de limpieza había recibido una queja sobre su trabajo en el edificio Torenco y, en consecuencia, prescindían de sus servicios.

El despido golpeó a Kathy como un rayo. ¡Sergio Torenti había hecho que la despidieran! Era increíble que un tipo pudiera caer tan bajo. Sin embargo, esa clase de comportamiento no era tan inusual. Recordó cómo había sido despachada por la madre de Gareth, ni siquiera por él mismo, y el humillante recuerdo hizo que se le encogiera el estómago. Su amor de la infancia ni siquiera había tenido el coraje de decírselo él. La había abandonado en un momento en el que su apoyo era su única esperanza. Su falta de fe en ella había hecho que su encarcelamiento por un delito que no había cometido resultara aún más penoso.

Recordó el verano del año que terminó en el instituto. Sus planes de estudiar Derecho en la universidad habían quedado relegados porque su padre estaba muriéndose Cuando falleció, había tenido seis meses libres hasta poder ocupar su plaza en la universidad. Había aceptado un empleo de interna como acompañante de Agnes Taplow, una mujer mayor que le habían dicho que sufría de demencia senil.

Cuando la anciana se quejó a Kathy de que estaban desapareciendo piezas de su colección de antigüedades de plata, la sobrina de Agnes Taplow le había asegurado que eran imaginaciones de su tía. Pero habían seguido desapareciendo piezas. Se había solicitado una investigación policial y una pequeña pero valiosa jarrita estilo georgiano había aparecido en el bolso de Kathy. Ese mismo día la denunciaron por robo. Inicialmente, había confiado en que el verdadero culpable, que debía haber guardado la jarrita en su bolso para incriminarla, sería descubierto. Envuelta en una red de engaños y mentiras, sin una familia que luchara por ella, Kathy había sido incapaz de demostrar su inocencia. El tribunal la había declarado culpable de robo y había sido encarcelada.

Kathy se recordó que eso había tenido lugar cuando era demasiado inmadura y carecía de recursos para defenderse. Desde entonces había aprendido a cuidar de sí misma. ¿Por qué iba a permitir que Sergio Torenti le hiciera perder el empleo? No sabía cómo impedirlo, ya que él contaba con dinero, nombre y poder, y ella no. Pero incluso si no podía cambiar las cosas, tenía derecho a decirle lo que opinaba de él. De hecho, defenderse por el bien de su autoestima era la única fuerza que le quedaba.

—Me temo que no hay rastro de su reloj, señor Torenti. He buscado en cada centímetro de su despacho –informó el guardia de seguridad.

Sergio frunció las cejas levemente y se puso en pie, tenía un vuelo a Noruega. Sin duda, debía haber una explicación. Cuando se quitó el reloj la noche anterior, debía haber caído tras algún mueble. Las búsquedas rara vez eran tan intensivas como pretendía la gente. El reloj debía estar por allí, le parecía improbable que hubiera sido robado. No sufría la paranoia de Renzo con respecto a los desconocidos. Sin embargo, sería ingenuo no tener en cuenta que su reloj de platino era extremadamente valioso.

Todo sus asistentes personales estaban reunidos junto a la puerta. Lo exasperaba la nube de estrés e indecisión que flotaba sobre ellos. Su eficaz asistente ejecutiva estaba de vacaciones, y sus subordinados parecían perdidos sin ella. Finalmente, uno se apartó del grupo y se acercó a él con timidez.

—En recepción hay una mujer llamada Kathy Galvin, señor. No está en la lista de visitas aprobadas, pero parece convencida de que deseará verla.

El moreno y bello rostro de Sergio se iluminó con fría y dura satisfacción. Había sospechado que la huida de Kathy no era más que un gesto vacío. Se alegraba de

no haberle enviado flores, pues los gestos reconciliado-
res no encajaban en su estilo.

—Así es. Puede ir al aeropuerto conmigo.

Su asistente no pudo ocultar su sorpresa. Sergio nunca veía a nadie que no estuviera citado, y las mujeres de
su vida sabían que no les convenía interrumpir su jornada de trabajo. Sergio, con una agradable sensación de
excitación sexual, entró en el ascensor privado que lo
llevaría al aparcamiento.

Con la resplandeciente cabeza muy erguida, y brillantes ojos verdes, Kathy cruzó la puerta que acababan
de abrirle. Su corazón latía con fuerza. Suponiendo que
iba a tener una reunión privada con Sergio, la desconcertó verlo en el pasillo con más hombres. Alto, fuerte y
moreno, dominaba el grupo no solo en el sentido físico,
sino también con su aura de hombre poderoso.

Kathy se vio obligada a contener su malhumor, no
pensaba decirle a Sergio Torenti lo que pensaba de él
ante tanta gente. El esfuerzo hizo que se sintiera como
una olla a presión a punto de estallar. Descubrir que ese
rostro de planos duros y aristas seguía provocando una
corriente eléctrica en todo su ser no hizo desaparecer su
enfado. Con inescrutables ojos oscuros, le indicó que
entrara al ascensor. Ella rechinó los dientes, etiquetán-
dolo como el aristócrata de los buenos modales. No la
impresionaba en absoluto el superficial despliegue.

—Supongo que pretendes sacarme de aquí con el me-
nor ruido posible —condenó Kathy con ardor.

Sergio seguía absorto estudiando su bellísimo rostro
y la elegante y esbelta perfección de su cuerpo. Sus
acompañantes la habían admirado como un montón de
colegiales boquiabiertos. Impresionante, teniendo en
cuenta que no llevaba maquillaje ni ropa de diseño.

—No, voy de camino al aeropuerto. Puedes hacerme
compañía en el trayecto.

—No pierdas el tiempo desplegando tus encantos.
¡Apenas soporto estar tan cerca de ti en este ascensor! —

siseó Kathy con la rapidez de una bala–. Te quejaste de mí y me han despedido. Solo estoy aquí para decirte lo que opino de tu despreciable comportamiento…

–Yo no me he quejado –dijo él. Las puertas del ascensor se abrieron en el aparcamiento.

–Alguien lo hizo. Pero no he estropeado tu juego de ajedrez y siempre he cumplido con mi trabajo…

–Es posible que hayan interpretado las preguntas realizadas por mi equipo de seguridad como una queja –concedió Sergio, saliendo del ascensor–. Dada la temporalidad de tu contrato, es posible que tu empresa haya decidido que lo mejor sería prescindir de tus servicios.

Kathy, apresurándose para seguirlo, no supo si creer esa interpretación o no.

–Si ese es el caso, deberías actuar con justicia y solucionarlo.

Pero Sergio lo veía de otra manera. Le gustaba que no fuera a seguir limpiando el edificio Torenco. Si iba a relacionarse con ella, en cualquier sentido, no podía dedicarse a un trabajo de tan poco nivel.

–Te buscaré algo más apropiado…

–¡No quiero que me busques nada! –exclamó Kathy, anonadada por su respuesta–. No estoy pidiendo favores, solo que me traten con justicia

–Lo discutiremos en la limusina –canturreó Sergio.

Desconcertada por esa propuesta, Kathy por fin miró a su alrededor. Un chófer uniformado sujetaba abierta la puerta de atrás de una enorme y reluciente limusina, mientras varios hombres con aspecto de guardaespaldas formaban un círculo protector. Extremadamente incómoda, se sintió fuera de lugar. Pero si subía al coche podría continuar con la conversación. Lo hizo y procuró no mirar boquiabierta el opulento interior de cuero y la elegante consola con diversos dispositivos de trabajo y entrenamiento.

–Es natural que estés molesta. Es lamentable que hayas sufrido un tratamiento tan injusto –dijo Sergio.

El timbre grave y profundo de su voz hizo que Kathy sintiera un cosquilleo sinuoso en la espalda. Pero también pensó que era lo suficientemente listo para saber qué decir y cómo decirlo en cualquier ocasión. La desconfianza la asaltó y se puso rígida como un gato acariciado a contrapelo.

—Me alegra que reconozcas que ha sido injusto.

—No te preocupes —respondió Sergio con seguridad—. Me ocuparé de que consigas otro trabajo.

—Eso es más fácil decirlo que hacerlo. Solo tengo referencias como camarera —Kathy ya estaba pensando en hacer turnos extras en la cafetería para llegar a fin de mes. Pero el ritmo desaforado de servir mesas durante más horas la agotaría y sus estudios sufrirían las consecuencias, así que solo era una solución a corto plazo.

—¿Preferirías trabajar en una empresa de catering?

—No —Kathy cerró las manos compulsivamente. Aunque era culpable de encontrarse en esa situación, tenía su orgullo y le costaba pedir favores. Pero si él tenía las influencias que parecía creer tener, había una posibilidad de que, por una vez, su mala suerte pudiera tener un resultado positivo—. Me encantaría un puesto de oficina —confesó rápidamente—. No importa la categoría. Incluso si es un puesto temporal serviría, porque me daría experiencia. Tengo buenos conocimientos informáticos… y un currículum muy vacío.

—No será problema. Tengo una cadena de agencias de empleo. Lo organizaré hoy mismo.

—No estoy pidiendo favores especiales —dijo ella a la defensiva.

—Ni yo los ofrezco —Sergio puso la mano sobre la de ella, y estiró sus dedos, blancos de tensión, para acercarla más a él.

—Mira, no estoy aquí para jugar a la seducción —dijo ella con ojos verdes cargados de inquietud.

—Tu pulso dice algo muy distinto, *bella mia* —replicó

Sergio con voz grave, rodeando su frágil muñeca con el índice y el pulgar y mirando sus ojos.

Fue una mirada tan oscura, dorada y ardiente que Kathy tuvo la sensación de que encendía llamas bajo su piel. Sintió un pinchazo de deseo que endureció sus pezones y creó un nudo de tensión en su pelvis. Con movimiento involuntario y compulsivo, se inclinó hacia él y buscó su sensual boca. Un segundo después, le costó creer que había dado el primer paso, pero le habría sido tan imposible resistirse al primitivo impulso como dejar de respirar.

Sergio, excitado por ese atrevimiento, hizo que ella abriera los labios. Acarició el húmedo interior de su boca con un erotismo que la volvió loca de deseo. Ella enredó los dedos en su brillante pelo oscuro, atrayéndolo hacia sí. Un beso llevó a otro en un intercambio frenético y cada vez más insatisfactorio para ambos. Con un gruñido de frustración, él atrajo su delgado cuerpo y agarró una de sus manos para guiarla hacia la poderosa fuerza de su erección.

Ella abrió los dedos sobre su sexo, descaradamente obvio bajo la tela de los pantalones. Sintió un calor húmedo entre las piernas y se estremeció, anhelante de deseo. Sabía lo que él quería y también lo que ella quería hacer, aunque era algo que nunca antes le había parecido atractivo. El impacto de esa intensidad sexual la llevó a abrir los ojos de repente.

La desconcertaba que siguiera siendo de día y que estuvieran en un coche que circulaba rodeado de tráfico. Lo había olvidado todo, quién era y dónde estaba. Se sentía fuera de control y eso le daba miedo. Apartó su la boca de la suya, tomó una bocanada de aire y movió la mano hasta ponerla en su fuerte muslo.

Una mano morena y delgada agarró su cabello cobrizo para impedir que se alejara de él.

–No deberías empezar cosas que no estás dispuesta a terminar –dijo él con una mirada abrasadora.

–Tengo trabajo que hacer –Kathy alzó la barbilla con las mejillas encendidas.

Acostumbrado a que aceptaran sus deseos al instante, Sergio la estudió con ojos altaneros. Después echó la arrogante cabeza hacia atrás y soltó una carcajada de aprecio. Le gustaba su valor.

–¿Qué trabajo?

–Tengo otro empleo de media jornada y también estudio.

–Y yo tengo un vuelo que no puedo perder.

El corazón de ella golpeaba con fuerza. Él acarició lentamente su labio inferior con el índice. Ella sintió el cosquilleo en cada una de sus terminaciones nerviosas. Tuvo que hacer uso de toda su autodisciplina para no inclinarse hacia él en busca de mayor intimidad.

–Te veré cuando regrese a Londres, en un par de semanas, *delizia mia* –murmuró Sergio con suavidad.

–¿Un par de semanas? –repitió Kathy.

Él le explicó sus planes de viaje. Ella sintió una profunda decepción al saber que estaría fuera tanto tiempo. Veló los ojos, irritada por esa reacción tan infantil, y las dudas la asaltaron nuevamente. ¿Qué sentido podía tener verlo de nuevo? Incluso si estaba interesado por ella, como novedad, no duraría más de cinco minutos. No necesitaba experiencia con los hombres para saber que lo único que podía interesarle de ella eran su rostro y su cuerpo.

Sergio miró su muñeca para descubrir, por décima vez esa mañana, que no llevaba reloj. Por suerte, habría uno esperándolo en el aeropuerto.

–Ayer me quité el reloj. ¿Te fijaste en dónde lo puse?

–Estaba en la alfombra. Pasé por encima de él –arrugó la frente–. Mira, volver a vernos no es buena idea…

–Intenta mantenerme alejado –la retó él.

–Lo digo en serio…

Sergio alzó el teléfono y marcó un número. Un momento después, hablaba en italiano.

–¿Te interesaría ser recepcionista? –le preguntó después.

Kathy asintió con entusiasmo. Tras unas cuantas frases más, colgó el teléfono y le dio una dirección en la que debía presentarse la mañana siguiente.

–¿Para una entrevista? –preguntó ella.

–No, el puesto es tuyo durante tres meses. Más, si causas buena impresión.

–Gracias –masculló ella incómoda mientras la limusina se detenía.

–Te lo debía –Sergio bajó del coche.

Kathy bajó también, aunque él ni se dio cuenta; ya se alejaba rápidamente, seguido por dos de sus guardaespaldas. Antes de volver a sentarse en la limusina, vio a un hombre fornido y mayor que la observaba desde la acera. Su rostro le resultó familiar y estaba segura de haberlo visto antes, aunque no recordaba dónde. Cuando lo vio subir al coche que había tras la limusina, del que habían bajado los guardaespaldas, comprendió que debía trabajar para Sergio.

El chófer captó su atención al preguntarle dónde quería que la llevase. Mientras el lujoso vehículo ponía rumbo hacia la biblioteca, ella dejó que la invadiera la alegría de tener un nuevo trabajo.

Casi dos semanas después, Sergio regresó a Londres. Estaba de un humor excelente.

Renzo Catallone fue a buscarlo con expresión seria y le entregó una carpeta.

–Soy consciente de que estoy arriesgando mi trabajo, pero no puedo estar a cargo de su seguridad personal y callarme esto –declaró el jefe de seguridad–. Es vital que eche un vistazo a este informe. Estoy convencido de que su reloj ha sido robado.

Capítulo 4

KATHY, con ojos brillantes como estrellas, estudió su imagen en el espejo.

—Con unas gafas de sol y cara de aburrimiento, ¡te tomarán por una celebridad! —bromeó Bridget Kirk, con rostro risueño.

Kathy llevaba puesto un vestido de los sesenta, de color amarillo limón. Era una túnica sin mangas que se ajustaba a sus curvas como si estuviera hecho a medida, y Kathy pensó que le daba un aspecto muy elegante. Eso le parecía importante para una cita con un hombre nacido en una familia cuya historia se remontaba a varios siglos atrás. Aunque no se sentía intimidada por el linaje de Sergio Torenti, que había comprobado en Internet, se había estremecido al imaginarlo haciendo una mueca de horror si iba a verlo con pantalones vaqueros. En realidad, su guardarropa no contenía nada más elegante que unos pantalones negros.

Intentar resolver el problema con sus ingresos, tras solo unas semanas en un empleo nuevo, era impensable. El esfuerzo para sobrevivir hasta que recibiera su primer sueldo de recepcionista estaba resultando todo un reto, a pesar de que había trabajado en la cafetería casi todas las noches. Había sido una gran suerte que Bridget acudiera en su rescate sugiriendo prestarle algo de su colección de modelitos de época, comprados en tiendas de segunda mano.

—No sé cómo agradecértelo —Kathy dio un impulsivo abrazo a la mujer–. Sé lo orgullosa que estás de tu colección y te prometo que lo cuidaré muy bien.

–¡Me alegro de que por fin tengas una cita!

–Lo de Sergio no durará ni dos días –predijo Kathy, alzando un hombro para demostrar que no tenía grandes expectativas–. Creo que simplemente siente curiosidad por ver cómo vive el resto del mundo.

–¿Vas a decírselo?

Kathy palideció y se tensó. Sabía que Bridget se refería a su estancia en la cárcel.

–Dudo que Sergio dure lo bastante como para que se haga necesaria una confesión. Pero si hace preguntas incómodas, no mentiré…

–Antes dale una oportunidad –le aconsejó Bridget.

–Es demasiado sofisticado y mundano para que pueda engañarlo. Si intentase simular que pasé todo ese tiempo en el extranjero, pronto me pillaría –repuso Kathy con amabilidad.

–No va a pedirte que señales sitios en un mapa, Kathy –regañó la morena–. No vayas a contarlo todo sin necesidad. Tienes derecho a guardarte algunos secretos hasta conocerlo mejor.

Bridget era una romántica convencida, y Kathy no había sido capaz de confesarle a su amiga que ya había tenido relaciones íntimas con Sergio. De hecho, cuanto más pensaba en ello, más molesta y avergonzada se sentía por su comportamiento. Le molestaba no haber tenido más sentido común. Intentaba enterrar su miedo a que el accidente con el preservativo pudiera tener consecuencias; pensaba hacerse una prueba de embarazo un par de días después.

Sorprendentemente, Sergio le había telefoneado cuatro veces desde que salió de Londres. Había llamado desde Noruega para hablarle con entusiasmo sobre los picos nevados y las pistas de esquí. Tanto si hablaba sobre duras acampadas en agrestes terrenos nevados, lagos helados y bosques, como si revelaba su pasión por un café que Kathy había descubierto era el más caro del mundo, Sergio siempre resultaba entretenido.

Kathy había satisfecho su curiosidad con respecto a él en Internet y lo descubierto la había dejado intrigada y preocupada a un tiempo. Nacido en un entorno de privilegio extremo, en una enorme palacio italiano, Sergio había vivido como un príncipe hasta que tuvo un misterioso enfrentamiento con su padre cuando aún estaba en la universidad. A pesar de haber sido virtualmente desheredado, a favor de su hermanastro, más joven que él, Sergio había conseguido ganar su primer millón a la edad de veintidós años, y desde entonces no había dejado de acumular éxitos. Mantenía el mismo ritmo frenético en su vida privada. Era un reputado mujeriego. Cuando no estaba haciendo lo posible por matarse practicando deportes de riesgo extremo, mataba su aburrimiento con una inacabable sucesión de bellas mujeres, todas celebridades o miembros de la alta sociedad.

La tarde siguiente, cuando Kathy subía al autobús para volver a casa tras el trabajo, intentó no pensar demasiado en esas verdades porque, al conseguirle empleo, Sergio había transformado su vida. Su nuevo trabajo era en una agencia de publicidad, un hervidero de actividad a todas horas, y lo adoraba. Aprendía rápido y ya había sido felicitada por su trabajo. Era la oportunidad que tanto había necesitado para demostrar su capacidad y adquirir experiencia. Pero sabía que sin la intervención de Sergio nadie le habría dado esa oportunidad. Eso no implicaba que tuviera intención de acostarse con él cuando lo viera esa noche, pero sí que seguramente seguiría controlándose para no ganar si alguna vez volvían a jugar al ajedrez.

Divertida por ese pensamiento, Kathy se puso el vestido amarillo limón. Un coche la recogió a las ocho en punto y atravesó la ciudad para llevarla a una zona residencial muy exclusiva. El conductor la acompañó al ascensor y ella se sintió tensa e incómoda. Se preguntó adónde iba. Había supuesto que iban a salir. Pero quizá él no quisiera llevarla a ningún sitio. Tal vez temiera que fuese a avergonzarlo con sus modales en la mesa o su apariencia.

Con la brillante cabeza cobriza muy erguida, Kathy cruzó el vestíbulo de mármol y atravesó la puerta que daba a una sala de recepción inmensa. Su corazón empezaba a acelerarse y el rubor teñía sus mejillas.

–Kathy… –Sergio se acercó a recibirla.

Ella pensó que solo había una palabra para describirlo: deslumbrante. Llevaba un elegante traje color chocolate que, unido a una camiseta color tostado, formaba un conjunto clásico y al tiempo informal. Solo con ver los contornos duros y masculinos de su rostro moreno, sintió mariposas en el estómago. Le costó un enorme esfuerzo controlar su lengua para no decir lo que estaba pensando.

–¿Este es tu piso? –preguntó con voz tensa.

Sergio la recorrió de arriba abajo con ojos oscuros y fríos como el hielo y, a pesar de que estaba asqueado por lo que había descubierto de ella, no pudo negar su increíble atractivo físico. El vestido amarillo brillante daba realce a su glorioso cabello y los ojos verdes brillaban como jade pulido en contraste con su piel de porcelana. Supo de un vistazo que el vestido era de diseño y no le cupo duda de dónde había conseguido el dinero para comprarlo: de la venta de su reloj.

–Sí. ¿Por qué? –contestó él.

–¿Vamos a salir? –preguntó Kathy, inquieta.

–Pensé que estaríamos más cómodos aquí –dijo Sergio mirándola fijamente.

–O salimos a algún sitio, o me voy a casa –Kathy alzó la barbilla y le dedicó una mirada de desdén, herida en su orgullo y en sus sentimientos–. No soy una opción fácil a quien llamar cuando te apetece algo de sexo. Si eso es lo único que te interesa, me voy. Sin ánimo de ofender.

El oscuro escrutinio de su mirada se iluminó de chispas doradas, como si ella hubiera lanzado una cerilla sobre un montón de heno seco, prendiéndola.

—No podrás irte hasta que hayas contestado a algunas preguntas de forma satisfactoria.

—¿A qué te refieres? —Kathy se quedó helada.

—Seamos simples. Robaste mi reloj. Quiero saber qué hiciste con él.

—Yo... ¿robé tu reloj? ¿Estás loco? —exclamó Kathy, incapaz de creer esa sorprendente acusación—. Recuerdo que preguntaste por él antes de marcharte de Londres pero...

—Fuiste la última persona en verlo en mi despacho. Y no puede ser una coincidencia que también tengas antecedentes penales por robo.

El delicado color natural de su piel desapareció hasta convertirse en ceniciento. Sin previo aviso, él la volvía a lanzar a la pesadilla que creía haber dejado atrás. Él conocía su pasado. Se sentía enferma, acorralada y atacada. Creía que era una ladrona y que solo ella podía ser responsable de la desaparición de su reloj. Durante unos segundos su mente se convirtió en un torbellino y su garganta se cerró tanto que apenas le llegaba oxígeno a los pulmones.

Durante un instante, Sergio pensó que iba a desmayarse. Se había puesto blanca como la nieve y su palidez contrastaba con los vívidos colores de su cabello y del vestido. Estaba aterrorizada, por supuesto. No se arrepintió de haber elegido el enfrentamiento directo. Le gustaba obtener resultados, y rápidos.

—Yo no robé tu reloj —afirmó Kathy, temblorosa.

—¿Te parece aconsejable mentir a estas alturas? —preguntó Sergio, impertérrito—. Podría llamar a la policía ahora mismo y dejar que se ocuparan del asunto. Pero preferiría resolverlo en privado. Ten en cuenta dos cosas: no tengo piedad con quienes intentan aprovecharse de mí y nunca he creído que la mujer fuera el sexo débil.

–¡Yo no toqué tu reloj! –la protesta fue vehemente. Tenía el pulso tan acelerado que le costaba respirar. La mención de la policía la había aterrorizado, reviviendo recuerdos que habría dado cualquier cosa por olvidar y que no deseaba revivir. Con sus antecedentes no tenía ninguna esperanza de luchar contra la acusación de un hombre rico y poderoso.

Sergio la miró con frialdad y determinación.

–No dejaré que salgas de aquí hasta que me hayas dicho la verdad.

–¡No puedes hacer eso! –dijo Kathy, incrédula–. No tienes derecho.

–Ah, yo creo que me otorgarás el derecho a hacer lo que quiera, *cara mia* –contraatacó Sergio con voz sedosa–. Creo que harías cualquier cosa para mantener a la policía fuera de esto. ¿Me equivoco?

Aunque el miedo le estaba provocando sudores a Kathy, la ira era como un carbón al rojo vivo asentado en su interior.

–¿Cómo descubriste que he estado en la cárcel?

–Mi jefe de seguridad empezó a investigarte cuando te vio mover las piezas en el tablero de ajedrez. Es muy concienzudo.

–¿Ah sí? –Kathy alzó una ceja mostrando su desacuerdo–. Yo diría que resulto una salida muy fácil…

–Renzo Catallone no trabaja así –aseveró Sergio–. Fue policía.

–¡Mejor aún! –Kathy dejó escapar una risa amarga–. Vio que tenía antecedentes penales y con eso bastó, ¿verdad? ¡Investigación concluida!

–¿Estás negando que robaste el reloj?

–Sí, pero es obvio que no me crees y no tengo forma de demostrar mi inocencia. Es obvio que hay un ladrón en tu oficina. Puede que sea alguien vestido de ejecutivo, alguien que se rindió a la tentación, incluso alguien que quería correr un riesgo. Los ladrones son de todo tamaño y condición.

Sergio la miró con desdén. El delito por el que había sido condenada le provocaba repulsión. Lejos de ser la chica natural y refrescante que había creído, su belleza ocultaba un centro podrido de ambición. Aprovechándose de su puesto como cuidadora y acompañante, había abusado de la confianza de una anciana inválida y le había robado sistemáticamente durante varios meses. Había sido condenada por el robo del único artículo que encontraron en su posesión, pero sin duda era la responsable del robo y venta de otras muchas valiosas antigüedades que habían desaparecido mientras trabajó en la casa.

—No necesito que me digas lo obvio —respondió Sergio con sequedad—. En este caso, estoy seguro de tener ante mí a la culpable.

—Pero tú siempre estás seguro de todo —Kathy movió la cabeza lentamente. Su cabello cobre y ámbar resplandeció bajo la luz, creando un halo metálico que acentuó la palidez de piel de marfil.

Comprendió que estaba en estado de shock. En unos pocos minutos, él había destrozado su recién adquirida confianza en sí misma. La había tentado a dejar la seguridad de su vida rutinaria para luego amenazar con destrozarla. Lo odió por ello. Lo odió por la arrogante seguridad que le convencía de tener la razón y negársela a ella. Se odiaba a sí misma por haber creído, siquiera un segundo, que podía aspirar a salir con un tipo como él. Se había comportado como una idiota, como si aún creyera en cuentos de hadas. Había bajado sus mecanismos de defensa al ponerse el bonito vestido amarillo. Mezclado con la ira y el miedo, convivía un intenso sentimiento de humillación.

—Hablemos claramente. Quiero saber qué hiciste con el reloj —repitió Sergio con dureza—. Y no me hagas perder el tiempo con lágrimas o pataletas. Conmigo no funcionan.

Ella sintió un escalofrío helado recorrer su espalda al registrar la cruel falta de emoción de sus bellas y afiladas facciones. Nunca escucharía su versión de la injusticia que había sufrido… no tendría ni la fe ni la paciencia necesarias. No tenía tiempo para ella ni para sus explicaciones, veía las cosas en blanco y negro. Desde su punto de vista, era una ladrona convicta y, por mucho que hubiera cumplido su condena, no iba a concederle el beneficio de la duda.

—No me lo llevé, así que no sé dónde pretendes llegar con esto. No tengo la información que buscas.

—Entonces te entregaré a la policía —afirmó él, implacable.

Kathy solo pudo pensar en la amenaza de volver a prisión. Durante un segundo, volvió a estar en una celda, con interminables horas vacías que llenar, sin ninguna ocupación o intimidad. Volvió a sentir las garras de la impotencia, la desesperación y el miedo. La cicatriz que lucía en la espalda pareció abrirse de nuevo. Unas gotas de sudor se formaron sobre su labio superior y se le puso la piel de gallina. A diferencia de la hija de Bridget, que nunca había regresado a casa, Kathy había aguantado y había sobrevivido. Pero la perspectiva de tener que pasar por eso una segunda vez, perdiendo su libertad y dignidad, era insoportable.

—No quiero eso —admitió, con un hilo de voz.

—Yo tampoco —le confió Sergio—. Tener que admitir que me tiré a la limpiadora sería de mal gusto.

Los músculos de su rostro se tensaron al oír el insulto, mientras que su cerebro lo descartaba como irrelevante. Su mente buscaba frenéticamente un solución que le disuadiera de involucrar a la policía. Pero solo algo inusual convencería a Sergio Torenti. Le gustaba el peligro, el riesgo y competir.

—Si consigo ganarte una partida de ajedrez esta noche, me dejarás marchar —Kathy le lanzó la propuesta antes de perder el coraje.

Ese súbito cambió de actitud pilló a Sergio por sorpresa. Con esa sola frase había admitido su culpabilidad como ladrona y había regateado con él para obtener su libertad. Pero lo había hecho sin disculparse ni dar explicaciones. Su audacia le gustó.

—¿Estás retándome?

Sus ojos verdes brillaban con desafío, pero por dentro era un caos de pánico e inseguridad porque sabía que estaba luchando por la posibilidad de evitar que su vida se derrumbara de nuevo.

—¿Por qué no?

—¿Qué gano yo? ¿Una buena partida? —protestó Sergio—. Ese reloj valía al menos cuarenta mil libras. Pones un precio muy alto a tu capacidad de entretenerme.

Kathy sintió consternación al oír eso. Cuarenta mil libras. No se le había ocurrido que el objeto desaparecido pudiera ser tan valioso. Su aprensión se disparó.

—Tú decides.

—Si pierdes, quiero que me devuelvas el reloj —dijo Sergio con voz sardónica—. O, al menos, que me digas qué hiciste con él.

Como volvía a pedirle algo imposible, Kathy tuvo cuidado de no encontrarse con sus astutos ojos. Pero que aceptara tácitamente el reto hizo que la adrenalina volviera a surcar sus venas, relajando la tensión de su espalda y extremidades. Fuera como fuera, tenía que ganarle. Si perdía, volvería a estar donde había empezado, con la desventaja añadida de que se enfurecería cuando no pudiera proporcionarle ni el reloj ni la información necesaria para recuperarlo.

—De acuerdo —aceptó Kathy, dispuesta a simular que podía cumplir su parte del trato, dado que no tenía otra opción.

—Y creo que, sea cual sea el resultado, debería recibir una dosis del mejor entretenimiento que puedes ofrecer, *delizia mia* —murmuró Sergio, alzando el teléfono para pedir que le llevaran un tablero de ajedrez.

—¿Disculpa? —ella arqueó las finas cejas.

Sergio le lanzó una mirada de admiración. El vestido le proporcionaba la feminidad de una delicada rosa de té, pero la sugerencia de jugarse lo que, al fin y al cabo, era su reloj, era tan ingeniosa como descarada.

—Terminaremos el concurso en la cama.

Kathy se puso rígida y sus altos y anchos pómulos se tiñeron de rojo con una oleada de furia. La destrozó esa exigencia, pues la consideraba totalmente injusta.

—¿Independientemente de quién gane?

—Yo tengo que recibir algún beneficio adicional.

Kathy clavó la mirada en la preciosa vista que ofrecía la ventana más cercana y pensó en las vistas que tendría en una celda. Se le encogió el estómago al comprender quién tenía el poder verdadero. Él sostenía el látigo y ella solo contaba con su inteligencia.

—De acuerdo —aceptó.

Un criado apareció con una caja de madera antigua y dispuso un tablero con elegantes piezas talladas. Una sirvienta llegó con una bandeja de refrescos. Kathy se sentó. Aunque no había comido nada desde el almuerzo, rechazó la oferta de una bebida y de los tentadores canapés que la acompañaban. Todo era tan civilizado que estuvo a punto de echarse a reír. A primera vista parecía una invitada de honor, pero sabía que tendría que jugar por su supervivencia.

Sergio alzó un peón blanco y uno negro y los escondió a su espalda antes de ofrecerle las manos cerradas. Kathy eligió y ganó las piezas blancas. Se dijo que era un buen augurio y se concentró al máximo. Perdió la noción del tiempo y se fijó únicamente en las combinaciones que ofrecía el tablero. Él era un jugador agresivo, que avanzaba sin pausa. Pero la estrategia de ella era más intrincada. Dejó que capturase su alfil y después colocó el caballo junto al de él.

—Jaque —susurró suavemente y poco después atrapó a su rey.

—Jaque mate —concedió Sergio, asombrado por su

brillantez y molesto porque hubiera ocultado la magnitud de su destreza en las dos partidas anteriores.

Kathy tomó aire lentamente. Había terminado; estaba a salvo. Tenía la piel húmeda por la tensión y la adrenalina seguía surcando sus venas. Apartó la silla y se puso en pie.

—La última vez que jugamos hiciste tablas a propósito —condenó Sergio, levantándose también.

—Tal vez fuera mi manera de flirtear contigo —Kathy irguió la cabeza—. A los hombres no les gusta perder, ¿no?

—Algunos prefieren un reto —dijo Sergio.

—Pero tú no eres uno de ellos —se atrevió a decir Kathy con desprecio—. En tu pasado ha habido un increíble número de chicas guapas de cabeza vacía.

—Me servían para lo que quería —contestó Sergio sin inmutarse—. ¿Es esta la auténtica Kathy Galvin? O hay alguna otra esperando a aparecer? Eres un cúmulo de contradicciones sorprendentes.

Molesta porque él no hubiera reaccionado con enfado a su insulto, Kathy mantuvo el control.

—¿Eso crees?

—Limpiadora, cuando podías ser modelo. Virgen, jugadora de ajedrez digna de formar parte del equipo olímpico, y ladrona —Sergio alzó una mano e introdujo los dedos en la espesa melena ámbar y cobre—. No me gusta lo que eres, pero me fascinas, *cara mia*.

Acarició la piel de debajo de su oreja con el pulgar y ella se estremeció. Estaba tan cerca que captaba el aroma de su colonia, una fragancia que ya le resultaba familiar y excitante. La proximidad de su cuerpo fuerte y ágil era imposible de ignorar. Su boca conocía su sabor. Su cuerpo recordaba y ya estaba deseando revivir la experiencia. Sentía los senos tensos y pesados en el sujetador. Empezó a faltarle el aliento mientras luchaba contra el traicionero demonio de su propia sensualidad.

Él inclinó su cabeza hacia atrás. Despiadados ojos dorados asaltaron los suyos, capturándolos.

–Tú te quedas con el reloj… y esta noche yo me quedo contigo –le recordó con crueldad–. Pero no quiero a una mártir en mi cama.

Kathy no tenía ninguna intención de hacerse la víctima y era demasiado orgullosa para intentar volver a razonar con él. Sabía cómo funcionaba él. Si ella había dominado el tablero de ajedrez, él dominaría en el dormitorio. Había aceptado el trato y no iba a dejarse llevar por sus emociones: era más dura que eso. La vida había vuelto a irle mal, pero conseguiría manejarla igual que había hecho la vez anterior. Él agarró una de sus manos y la condujo al vestíbulo y luego por un pasillo.

El dormitorio principal daba a una gran terraza. A ella le costaba creer que pudiera haber algo tan bonito tantas plantas por encima del nivel de la calle. Se centró en mirarlo mientras él bajaba la cremallera de su vestido y lo abría. Con el corazón desbocado, observó su reflejo en el ventanal iluminado por el sol. Él inclinó la cabeza oscura y posó su experta boca en su omoplato. Encontró un punto cuya existencia ella desconocía y provocó un escalofrío de placer que la recorrió de arriba abajo.

–No quiero una mujer que se comporte como una exquisita autómata –Sergio rio con suavidad–. Te quiero bien despierta, *delizia mia*.

–¿Qué significan esas palabras? –susurró ella.

–«Mi delicia», y es lo que eres. Desde que me marché de Londres, me han asaltado sueños inventivos en los que eras la protagonista –le confió él.

–Entonces, ¿que fuera una ladrona no supuso ninguna diferencia para ti?

Él se tensó a su espalda. La hizo girar para que lo mirara y clavó sus amenazadores ojos oscuros en ella.

Pero Kathy no se inmutó por esa silenciosa censura. De hecho, lo que más la provocaba era la ira contenida que percibía en él, sometida a un control férreo.

–Eres más sensible de lo que pensaba –le dijo.

–¿Es que no tienes vergüenza? –exigió él.

–¿Te avergüenzas tú de estar utilizando tu poder sobre mí para volver a llevarme a la cama?

Sergio le lanzó una mirada fulminante y después la sorprendió con una carcajada.

–No –concedió, divertido–. Pero, ¿por qué iba a hacerlo? Me deseas tanto como yo a ti.

–¿No es eso lo que se dicen siempre los hombres para alimentar su ego? –su voz tembló al final cuando él bajó el vestido hasta sus manos y luego la alzó en vilo para liberarla del bonito brocado con tanta facilidad como si fuera una muñeca

En respuesta, Sergio inclinó su arrogante cabeza y la besó. La caricia de su lengua en el paladar hizo que se estremeciera. El deseo estalló en su interior. Lo deseaba, pero odiaba desearlo y se negaba a sucumbir a su deseo. Al notar que se tensaba, él la atrajo más y lamió sus labios rosados con una dulzura tan inesperada que ella se quedó transfigurada. A eso siguió un inquietante asalto pasional que encendió chispas de fuego en sus venas. Con un gemido ronco que sonó en lo más profundo de su garganta, él le quitó el sujetador y cerró una mano sobre la suave curva de su pecho. A ella empezaron a temblarle las piernas.

–Tú también me deseas –afirmó Sergio contra su boca–. Admítelo.

–¡No! –con ojos brillantes como esmeraldas, se liberó de él. Recogió el vestido amarillo del suelo, lo estiró y lo colocó cuidadosamente sobre una silla.

–¿A pesar de que podría convenirte agradarme? –insistió Sergio con voz sedosa.

–Conseguirás una noche y eso es todo... ¡no volverás a acercarte a mí! –siseó Kathy como un gato furioso–. ¿Lo entiendes?

–Lo entiendo, *delizia mia* –entonó Sergio, alzándola en brazos para llevarla a la cama–. Que lo acepte o no es otra cuestión. Me disgusta hacer lo que otras personas me ordenan.

–Eso no es nada nuevo –al descubrirse sobre la cama, cubierta solo con las bragas, Kathy se calmó. Incómoda con su desnudez, lanzó una mirada de horror a las soleadas ventanas–. Por Dios santo, ¡cierra las cortinas!

Divertido por ese súbito cambio de frialdad a pánico, Sergio pulsó un botón y luego otro que encendió las luces. Se quitó la chaqueta y la corbata mientras la observaba con mirada de depredador. Sus bellos ojos denotaban inquietud y tenía el pelo revuelto. Su magnetismo era innegable, sobre su cama resultaba tan inusual y exótica como un tigre paseando por un salón.

Kathy se sentía inquieta bajo su escrutinio, y se giró para ocultar sus senos desnudos. Le molestaba su timidez, porque ella la veía como una debilidad más y su conciencia ya estaba protestando. Le había devuelto el beso con más que tolerancia. No entendía cómo podía responder con tanto entusiasmo a un hombre al que odiaba. Por otro lado, era una suerte poder hacerlo, pero no entendía el por qué.

–*Madonna mia* –Sergio miraba con horror la cicatriz que mancillaba la blanca piel de su espalda–. ¿Qué diablos te ocurrió?

Cuando Kathy comprendió lo que había llamado su atención, se apoyó en la almohada para ocultar esa parte de su cuerpo. La mortificaba que hubiera visto la fea evidencia del ataque que había sufrido tres años antes.

–Nada…

–Eso no es nada…

–Pero no tengo que hablar de ello si no quiero –sus vívidos ojos verdes se habían velado y su esbelto cuerpo estaba tenso.

Sergio se acercó a la cama en calzoncillos. Era alto moreno y viril y sus fuertes músculos cubrían un cuerpo de atleta.

–¿Siempre estás tan dispuesta a batallar?

–Si no te gusta, envíame a mi casa.

Sergio la miró con la agresividad de un cazador. Ella se quedó hechizada. Él curvó los dedos alrededor de su cuello.

—Tal vez podría llegar a gustarme pelear, *delizia mia* —ronroneó, acercando la promesa de sus sensual boca a sus labios.

Ella tenía los nervios desbocados; estaba rígida. Pero el beso fue una provocación que seducía y prometía mucho más. Su sabor la embriagaba pero luchó contra esa verdad, empeñada en someterse a sus atenciones sin corresponderle. Él encontró la delicada curva de sus senos y masajeó las puntas aterciopeladas hasta que se convirtieron en capullos rosados. Ella sentía dardos de sensaciones exquisitas, pero siguió intentando resistirse a su destreza sexual.

Sergio la estrechó entre sus brazos para combatir su resistencia. Había más urgencia que paciencia en la posesiva caricia de sus manos. Más exigencia en la pasión ardiente de su boca. Ella se debatió bajo el asalto de su creciente ardor. Por más que intentaba mantenerse alejada, estaba volviendo a crear en ella esa tormenta de pasión en la que el orgullo no tenía lugar y solo regía el deseo.

—Tú también me deseas —le dijo él—. Es recíproco. Lo vi la primera vez que me miraste.

Ella bajó las pestañas para ocultar sus ojos verde manzana. No iba a contestar, pero era impotente para controlar el deseo que había provocado en ella. Estaba clavando los dedos en sus anchos y morenos hombros. El aroma de su piel la hechizaba. Él había quedado grabado en sus sentidos en su primer encuentro y la asombrosa fuerza de esa unión la asustaba y enfurecía, pero también la excitaba.

—Eres muy testaruda —gruñó Sergio.

—¡No estoy aquí para halagar a tu ego! —declaró Kathy.

Él abrió sus labios con fuerza devoradora y la castigó con placer. Cada átomo de su cuerpo reaccionó en respuesta. Trazó un camino erótico por todo su cuerpo, deteniéndose en los pezones rosados y explorando con buscando los puntos más sensibles de su cuerpo. Poco después, ella notó el tronar de los latidos de su corazón en los oídos y el deseo se convirtió en anhelo. Sus caricias la estaban atormentando hasta un punto insoportable.

—Sergio…

—Di «por favor» —le urgió él.

—¡No! —ella apretó los dientes.

—Algún día te haré decir «por favor» —amenazó él.

Pero Kathy no lo escuchaba. Temblando de deseo, lo atraía hacia ella. Sergio, impaciente y listo, no necesitó más. Con ojos brillantes como oro, se deslizó entre sus muslos y la penetró con fuerza y ardor. Ella gritó al sentir su invasión. La había excitado hasta crear en ella un hambre irresistible y había llegado el momento del delirante placer. Era algo glorioso y su capacidad de disfrute no tenía límites. La apasionada intensidad de él la volvió loca de excitación. La sensación se convirtió en una dulce agonía hasta qué la llevó hasta la tumultuosa cima de un estallido liberador.

Siguió un momento intemporal de puro éxtasis y júbilo. En las sensuales y deliciosas oleadas que lo siguieron, se sintió muy cerca de él, transformada y en paz. Después, su cerebro volvió a entrar en acción y borró esas agradables emociones. Recordó cómo eran las cosas entre ellos en realidad y se sintió airada, mortificada y llena de amargura. Al percibir que su dolor estaba a punto de aflorar, lo aplastó de raíz y se apartó de él con un fiero gesto de rechazo.

—¿Puedo irme ya? —preguntó, escurriéndose hasta el otro extremo de la cama y bajando las piernas al suelo, con una prisa por marcharse que decía más que mil palabras—. ¿O vas a insistir en que me quede toda la noche?

Sergio estaba acostumbrado a mujeres que expresaban cumplidos y comentarios salaces después de compartir su intimidad. La actitud de ella le pareció ofensiva.

Kathy no esperó una respuesta. Se levantó rápidamente y la asaltó una inesperada oleada de mareo. La habitación se inclinó antes sus ojos y tuvo la sensación de que el suelo se elevaba hacia ella. Con el rostro húmedo de sudor, se tambaleó y volvió a dejarse caer en la cama.

—¿Qué ocurre? —preguntó él.

Kathy luchaba contra las náuseas y respiraba profunda y lentamente, intentando despejarse la cabeza.

—Puede que me haya levantado demasiado rápido.

—Túmbate —Sergio la aplastó contra la cama—. He creído que ibas a desmayarte.

—Hace horas que no como. Eso es lo único que pasa —masculló ella, sintiéndose como una tonta por haber estropeado así su gran salida—. Estaré bien dentro de un minuto.

—Pediré comida —Sergio utilizó el teléfono que había junto a la cama y empezó a vestirse.

—Solo quiero irme a casa —dijo Kathy, sin mirarlo.

—En cuanto hayas comido algo y te encuentres mejor —dijo Sergio con escrupulosa cortesía y rostro sombrío.

Atenazada por una sobrecogedora fatiga, tan poco familiar para ella como el mareo, Kathy tragó saliva y no dijo nada. Sabía que no iba a encontrarse mejor en mucho tiempo. Él había destruido su paz mental y devastado su orgullo. ¿Y si su peor miedo se hacía realidad y estaba embarazada? ¿Embarazada de un hombre a quien odiaba más que a un veneno?

Capítulo 5

A LA mañana siguiente, Kathy se despertó sintiéndose mareada otra vez.

Aunque le daba miedo utilizar la prueba de embarazo que había comprado demasiado pronto y desperdiciarla, sus nervios no soportaban la idea de esperar más. La conmocionó que se tardara tan poco tiempo en realizar una prueba que tenía una importancia desmesurada en su vida. Pocos minutos después tenía el resultado que había temido: iba a tener un bebé. Su estómago se contrajo con pánico y náuseas y tuvo que correr al cuarto de baño. Después de eso, ni siquiera se sintió capaz de mordisquear una tostada.

Por su parte, Sergio tampoco había empezado el día nada bien. Acababa de llegar al edificio Torenco cuando su asistente ejecutiva, Paola, y su jefe de seguridad, Renzo Catallone, solicitaron una reunión urgente.

Paola puso sobre el escritorio el reloj que Sergio no había contado con ver de nuevo.

–Lo siento mucho, señor. Estoy desolada por esto. Vine a la oficina a primera hora el día que me iba de vacaciones, porque quería comprobar que no había dejado ningún asunto pendiente. Vi su reloj en el suelo del despacho y lo guardé bajo llave en un cajón de mi escritorio…

–¿Tú encontraste mi reloj? –interrumpió Sergio, incrédulo–. ¿Y no dijiste nada?

–Tenía prisa por marcharme. Aún no había nadie aquí. Envié un correo electrónico a otro miembro del equipo, para informarle de dónde estaba el reloj, pero es obvio que no leyó el mensaje –explicó la morena con desaliento–. Cuando me reincorporé esta mañana, alguien mencionó que su reloj había desaparecido y que todos creían que había sido robado. Entonces me di cuenta de que nadie sabía lo ocurrido.

Esa mañana, Kathy no pudo evitar fijarse en todas la mujeres embarazadas que veía, y le sorprendió lo numerosas que eran. Aunque aún no había digerido la realidad de su situación, sabía que el pánico la asaltaría. Se dijo que si otras mujeres eran capaces de enfrentarse a embarazos no planificados, ella también lo sería. Tenía que considerar todas sus opciones y mantener la calma. Pero si decidía ser madre soltera, no podría salir adelante sin ayuda financiera, la de él. Esa denigrante perspectiva le inspiraba un intenso desagrado. No podía olvidar el comentario de Sergio Torenti sobre el que tener un hijo suyo fuera «una lucrativa opción de estilo de vida».

–Una llamada para ti –le dijo su compañera de recepción.

–¿Por qué no contestas al móvil? –preguntó Sergio. El zumbido grave de su voz la dejó paralizada.

–No está permitido atender llamadas personales. Siento no poder hablar contigo –dijo Kathy, cortando la comunicación, furiosa porque se hubiera atrevido a llamarla. Por lo visto su arrogancia no tenía límites. Parecía incapaz de aceptar que no quería tener nada que ver con él. La noche anterior, la había dejado en paz para que se vistiera y comiera algo. Había vuelto a casa en la limusina y llorado hasta dormirse. Era obvio que tendría que hablar con él antes o después, pero en ese momento «después» le parecía una opción mucho más llevadera.

A media mañana, llegó un espectacular arreglo floral para ella. Kathy abrió el sobre y solo había una tarjeta con las iniciales de Sergio. Se preguntó por qué la llamaba y enviaba flores. Incómoda por el interés que provocaba el extravagante jarrón de lirios, intentó devolvérselo al repartidor.

—Disculpe, pero no lo quiero…

—Eso no es problema mío —dijo él, y se marchó.

Una hora después, Sergio volvió a telefonear, pero ella rechazó la llamada. A mediodía, su supervisora la llevó a un lado y le habló en voz baja.

—Puedes tomarte tiempo extra para el almuerzo. De hecho, puedes tomarte el resto del día libre si quieres.

—¿Por qué? —Kathy la miró atónita.

—El jefe ha recibido una petición especial del director ejecutivo. Creo que el chófer del señor Torenti te está esperando fuera.

Kathy se puso roja como la grana. Deseó que se la tragara la tierra. Pero cuando abrió los labios para decir que no quería ver a Sergio ni tenía ningún deseo de recibir un tratamiento especial, la otra mujer se alejó, obviamente incómoda. Kathy, colérica y avergonzada, pensó que Sergio era tan sutil como un pulpo en un garaje, mientras se encogía ante las miradas de reojo y susurros que acompañaron su salida de la oficina.

Siseando de resentimiento, Kathy subió al Mercedes que la esperaba. Se preguntó si debía decirle que estaba embarazada o sería mejor analizar sus propios sentimientos antes de darle la noticia. Quince minutos después, estuvo ante la entrada de un hotel muy exclusivo. Un portero de librea la guió al interior. Uno de los guardaespaldas de Sergio la recibió en el vestíbulo y la escoltó al ascensor. Entró en una sala de recepción casi palaciega.

Sergio entró desde el balcón y se detuvo. En cuanto a entradas, fue digna de un premio, porque era un hombre espectacular. El corazón le dio un vuelco y se quedó sin aire. Independientemente de lo que opinara de Sergio, su impacto físico en ella no disminuía. Su respuesta a él era involuntaria e incontrolable. Lo miró y supo que lo miraría una y otra vez. Era como si un rebelde sexto sentido que había desconocido poseer hubiera forjado un vínculo permanente con él.

—¿Qué puedo decir? —preguntó Sergio con voz profunda y aterciopelada como un buen vino maduro. Abrió sus gráciles y morenas manos—. No suelo quedarme sin palabras, pero no sé que decirte...

—Créeme, ¡si hay algo que no me falta ahora mismo, son palabras! —interrumpió Kathy—. ¿Cómo te atreves a ponerme en una situación en la que no me quedó más remedio que venir a verte? Me gustaba mi trabajo. Pero lo que has hecho hoy, pedirle al jefe que me dejara salir, ¡es equivalente a un suicidio profesional!

—Necesitaba verte y lo pedí con educación. No exageres.

—No estoy exagerando —sus ojos verde manzana chispeaban de indignación—. No sabía que eras propietario de la agencia publicitaria, además de la agencia de empleo. Una petición del director ejecutivo equivale a una orden. ¡Ahora que es obvio que tenemos algún tipo de vínculo personal, me convertiré en una apestada! Después de esto, nadie volverá a tomarme en serio y mis colegas contarán los días hasta que acabe mi contrato temporal.

Sergio soltó el aire con un siseo prolongado.

—Si hay algún problema, te buscaré empleo en otro sitio.

—Las cosas no son tan simples —cerró los delicados puños con frustración—. ¿Eso es todo lo que tienes que decir?

—No. Tenía que verte hoy para pedirte disculpas —sus ojos astutos no parpadearon—. Mi reloj no fue robado, estaba en otro sitio. Por favor, acepta mis sinceras disculpas por acusarte de algo que no hiciste.

El cambio de tema y saber que había recuperado el reloj distrajeron a Kathy, que frunció las cejas.

—Pero hay algo que no entiendo —siguió Sergio, moviendo su atractiva cabeza–. ¿Por qué diablos admitiste haberlo robado?

–¿Qué otra cosa podía hacer? ¡No me creíste cuando te dije que no lo había hecho!

–No insististe en afirmar tu inocencia mucho tiempo. Cuando me ofreciste jugar una partida a cambio del reloj, lo tomé como una confesión de culpabilidad y actué en consecuencia.

–Actuaste de forma penosa –la ira tiñó de rojo los pómulos de Kathy

–No soy un blandengue. Si me ofenden, respondo. Las circunstancias no estaban a tu favor. Eres una ladrona convicta y eso influyó en mi juicio –se defendió Sergio sin titubear–. Pero si no me hubieras retado a la partida en esos términos, anoche no me habría acostado contigo.

–Es decir, ¿a pesar de que me pides disculpas, todo es culpa mía? –Kathy se estremeció de ira.

–Eso no es lo que he dicho. He despedido a mi jefe de seguridad por este incidente...

–¿Al ex policía? ¿Lo has despedido por llegar a la misma conclusión que tú? –interpuso Kathy con desagrado–. ¿Cómo puedes ser tan injusto?

–¿Injusto? –desconcertado por su reacción, Sergio tomó aire–. ¿Por qué?

A diferencia de ti, ese hombre ni me había visto ni me conocía personalmente. Solo estaba haciendo su trabajo. Deberías culparte a ti mismo por juzgarme mal, no a él.

–Me sorprende tu compasión por Renzo. ¿Por qué no comentamos nuestras diferencias mientras comemos?

–¡Tendría que estar muriéndome de hambre para comer contigo! –le espetó Kathy.

–Adoro tu pasión, pero no me gusta el drama, *cara mia*.

Kathy sintió una intensa frustración, se sentía como

estuviera estrellándose contra una pared de granito. Todo rebotaba en él. Su cólera e ira se incrementaban cada vez que era incapaz de traspasar esa fachada de hielo.

—Anoche tenía miedo de que llamaras a la policía. Me aterrorizaba volver a acabar en la cárcel. Es la única razón por la que me acosté contigo y te odio por ello...

—Estás enfadada conmigo. Lo acepto y estoy dispuesto a compensarte en la medida en que pueda. Pero no acepto que compartieras mi cama solo por miedo.

—¡Debí haber sabido que dirías eso! —rugió Kathy.

—Ambos sabemos que es falso —Sergio posó en ella sus chispeantes ojos dorados, retándola y abrasándola con la mirada.

El ambiente era pura electricidad.

Kathy estaba tan tensa que le dolían los músculos. El corazón le golpeteaba en el pecho. Tragó aire.

—No me digas qué es lo que yo sé.

—Entonces, admite lo obvio. La química sexual entre nosotros es muy fuerte. ¿No sabes lo poco común que es sentir tanta excitación solo con estar en la misma habitación con una persona? —murmuró él.

—Eso no importa —a Kathy le temblaban las piernas. Volvía a sentir mariposas en el estómago y se le había secado la boca.

—Siempre importa.

Sus ojos se encontraron y ella sintió que su mirada erótica y depredadora la taladraba. Sintió un cosquilleo en los senos. Recordó el sabor y la urgencia de su boca devorándola. Cerró los puños a la defensiva. La excitación era como una droga peligrosa en sus venas, un potente despertar sensual. Se estremeció y luchó contra esa debilidad con todas sus fuerzas, dejando que la ira volviera a aflorar.

—No quiero volver a tener nada que ver contigo...

—Pero si te tocara ahora, te encenderías en mis brazos, *delizia mia* —aseguró Sergio.

—¡Ni pienses en acercarte tanto! —reaccionó ella—. No

soy idiota. Sé lo que piensas de mí. Hoy te has dado mucha prisa en recordarme que soy una ladrona convicta. Lo dijiste en la misma frase en la que me pedías disculpas por acusarme de robar tu reloj.

–No voy a mentir ni recurrir a evasivas –Sergio la miró sin ápice de arrepentimiento–. ¿Qué quieres que opine sobre tu historial? No es aceptable. ¿Cómo podría serlo?

A Kathy la asombró sentir el ardor de las lágrimas en el fondo de los ojos. No era dada a los lloros, pero cuando estaba con él sus emociones se convertían en un caos y perdía la racionalidad. Se preguntó cómo reaccionaría él al saber que, a pesar de su vergonzoso historial, había concebido un hijo suyo. En ese momento, se sentía incapaz de enfrentarse a la idea de esa humillación. Clavó la mirada en el balcón.

–Espero que alguien me lleve de vuelta al trabajo –dijo–. Solo tengo una hora para comer, y ya voy con retraso.

–Quiero que te quedes –dijo Sergio.

–No siempre podrás conseguir lo que quieres –Kathy estaba intentando controlar los pensamientos y emociones que la asaltaban sin descanso–. Las cosas se han complicado más de lo que sabes.

–¿Qué cosas? –su rostro se tensó con impaciencia.

Kathy pensó, con amargura, que para él solo tenía utilidad sexual. Sin duda, la facilidad de su conquista había dado alas a esa actitud y no podía culparlo por completo de ello. Aun así, el fondo del asunto era que él tenía la arrogancia, riqueza y privilegios de la sangre azul, y a sus ojos una ladrona convicta era lo peor de lo peor. Eso no cambiaría nunca. Se preguntó por qué estaba evitando decirle que estaba embarazada, el paso del tiempo no alteraría la situación. De hecho, darle las malas noticias para que se fuera haciendo a la idea seguramente sería lo más digno.

–Estoy embarazada –afirmó, serena–. Me hice la prueba en casa esta mañana.

Siguió un silencio como un pozo sin fondo. Absoluto y aparentemente interminable.

Sergio había velado sus ojos al oírla. Su piel morena había adquirido un tono ceniciento, que ella achacó al impacto. Pero fue la única reacción visible, su discreción y autocontrol ganaron la partida.

—Un médico tendrá que certificar el resultado —dijo con voz plana—. Lo organizaré ahora mismo.

Desconcertada por su calma y frialdad, Kathy asintió. Él ya estaba al teléfono y minutos después le dijo que había concertado una cita médica privada.

—Si se confirma, ¿has pensado en lo que quieres hacer? —inquirió Sergio.

—No quiero ponerle fin —dijo ella con voz tensa, pensando que era justo decírselo. Se había puesto aún más nerviosa al ver en acción a un hombre que prefería resolver los problemas de inmediato.

—No iba a sugerir esa opción —afirmó Sergio, acompañándola a la puerta de la suite. Kathy pensó que, por lo visto, el almuerzo había quedado descartado.

—No hace falta que me acompañes al médico —le dijo, ya en el ascensor.

—Estamos juntos en esto.

—El médico puede confirmar el resultado. Es lo único que necesitas saber de momento.

—Intentaba apoyarte.

Kathy se encogió de hombros, resistiéndose a ceder. No se fiaba de él. No quería sentirse presionada. El mismo hecho de que no hubiera expresado sus sentimientos respecto al embarazo la había llevado a alzar la guardia de nuevo.

—Entonces te veré esta noche —concedió Sergio.

—Me gustaría tener unos días para pensar en esto.

—¿Cuántos días? —Sergio puso una mano sobre la suya cuando solo recibió silencio como respuesta—. Kathy... —insistió.

—Yo te llamaré —liberó sus dedos, dispuesta a poner

límites por el bien de los dos. Aunque él no expresó su disconformidad, resultó palpable en la frialdad del ambiente.

Poco más de una hora después, el amable ginecólogo de mediana edad confirmó que estaba embarazada y además le advirtió que estaba por debajo de su peso. Una enfermera le entregó una serie de folletos informativos. En ese momento, la nueva vida que Kathy llevaba en su interior empezó a parecerle real. De vuelta en la agencia de publicidad, intentó no prestar atención a las miradas curiosas ni a los súbitos silencios de sus compañeros cuando pasaba a su lado. A propósito, se quedó hasta tarde para recuperar el tiempo perdido a la hora del almuerzo.

Cuando llegó al trabajo la mañana siguiente, había una colorida revista semanal sobre su silla. Abierta y doblada por la página relevante, mostraba a Sergio saliendo de un club de Nueva York con una famosa actriz que se aferraba a él. El artículo afirmaba que Christabel Janson, una voluptuosa rubia, estaba muy encandilada con su último amante. Con la garganta tan tensa que le dolía y el ánimo por los suelos, Kathy forzó una sonrisa y tiró la revista a la papelera. Estaba claro. Alguien le había hecho un favor llamando su atención sobre la foto. Sin duda había servido para poner fin a cualquier expectativa romántica que hubiera podido tener. Podía estar esperando el hijo de Sergio Torenti, pero cualquier futuro en su relación se limitaba a eso.

Esa tarde, cuando Kathy se tomó su descanso en la cafetería, se lo contó todo a Bridget. Durante la confesión, su amiga hizo varios comentarios bruscos con respecto a Sergio y la abrazó.

—Quedarse embarazada no es el fin del mundo, así que deja de hablar como si lo fuera...

—Estoy aterrada... —Kathy tragó saliva.

—Es por la sorpresa. Por no hablar del susto que Sergio Torenti te dio al asumir que habías robado su reloj —masculló Bridget con los labios prietos—. Cuando pienso en cuánto has sufrido ya, su actitud hace que me hierva la sangre.

—Al menos fue sincero —concedió Kathy—. Pero lo odio por ello. No es muy justo, ¿verdad?

—Olvídate de él. Me preocupas más tú.

—¿Por qué lloro todo el tiempo? —se lamentó Kathy, llevándose un pañuelo a los ojos.

—Son las hormonas —contestó Bridget.

Durante las cuarenta y ocho siguientes, Kathy descubrió dos llamadas perdidas en su móvil y lo apagó, no quería hablar con él. Esa tarde recibió la inesperada visita de Renzo Catallone en su estudio.

—Me gustaría hablar contigo. ¿Podrías concederme cinco minutos? —preguntó el ex oficial de policía.

Pálida e inquieta, Kathy asintió.

—El señor Torenti me ha devuelto mi puesto como jefe de seguridad —apuntó Renzo—. Entiendo que debo agradecértelo a ti.

—Yo solo le dije que no era justo culparte por juzgarme mal sin conocerme —dijo Kathy, asombrada.

—Dadas las circunstancias, fue muy generoso por tu parte —le dijo el hombre con voz cálida—. Quería darte las gracias y decirte que, si alguna vez necesitas mi ayuda, no dudes en pedírmela.

Esa noche Kathy se acostó sintiéndose algo más alegre y menos avergonzada de un pasado que no podía cambiar. El día siguiente era sábado y estaba sirviendo desayunos en la cafetería cuando entró Sergio. Recorrió la sala con los ojos y los clavó en ella. Durante un segundo, ella sintió la instantánea y poderosa excitación que recorría su cuerpo cada vez que lo veía. Su rostro se encendió y corrió a la cocina.

—¿Kathy? —Bridget asomó la cabeza por la puerta—. Hoy tendremos que apañarnos sin ti. Deja que Sergio te lleve a casa.

—Bridget, yo…

—Alguna vez tendrás que hablar con él.

Kathy admitió que eso era cierto. Pero también implicaba controlar su deseo de decirle a Sergio exactamente lo que pensaba de sus hábitos de mujeriego empedernido. Se dijo que con un bebé en camino, tenía que plantearse las cosas a largo plazo. Sergio era soltero y podía hacer lo que quisiera. Su embarazo había sido accidental. Ya que la relación íntima entre ellos había concluido, lo más razonable era establecer un vínculo civilizado con el padre de su futuro hijo. Tras darse ese pequeño discurso de ánimo, salió a la cafetería con su bolso y su chaqueta.

Sergio, la viva imagen de la elegancia con su traje ejecutivo negro y una corbata de seda dorada, esperaba junto a la caja registradora, completamente fuera de lugar en ese ambiente. Había un guardaespaldas en la puerta y dos más fuera, en la acera.

Sergio estudió a Kathy con ojos atentos. Delgada y pálida, con el cabello cobrizo recogido en una cola de caballo y hostiles ojos verde manzana, parecía una adolescente. Sin embargo, nada de eso disminuía el poder de su hechizadora belleza.

—Se suponía que ibas a esperar a que yo te llamara —se quejó Kathy mientras subía a la limusina.

—Ese no es mi estilo —murmuró Sergio con voz ronca—. Tienes que recoger tu pasaporte, esta mañana volamos a París.

—¿París? —el forzado aire de indiferencia de Kathy se disipó por completo—. ¿Es una broma?

—No.

—Pero ir tan lejos por un día cuando debería estar trabajando… —su voz se apagó, porque cuando pensó en ello, le encantó la idea.

—¿Por qué no? —Sergio alzó una fina ceja—. Tenemos que hablar y estás estresada. Me gustaría que hoy te relajaras.

Capítulo 6

EL opulento interior del avión privado de Sergio dejó a Kathy sin respiración.

La cabina central tenía acogedoras zonas de asientos y estaba decorada con arte moderno. También había un despacho hecho a medida, un cine y varios dormitorios con cuarto de baño. Vestida con una chaqueta de pana y pantalones vaqueros, se sentía bastante fuera de lugar.

–Vaya donde vaya, tengo que poder trabajar. Paso mucho tiempo de viaje y suelo ir acompañado por varios ayudantes –explicó Sergio mientras degustaban la deliciosa comida que había preparado su chef personal.

Cuando terminaron de comer, el avión se preparaba para el aterrizaje, era un vuelo corto.

–¿Por qué París? –preguntó Kathy en la limusina que los alejaba del bullicio del aeropuerto.

–Francia tiene una legislación de prensa bastante estricta. Muchas figuras públicas se sienten menos acosadas por los medios aquí, es más fácil tener una vida privada –explicó Sergio.

–¿Y adónde vamos?

–Es una sorpresa, agradable, espero, *cara mia*.

Su destino era Ile St-Louis, una de las zonas residenciales más exclusivas de París. El coche se detuvo en una pintoresca entrada arbolada, ante un elegante edificio del siglo XVII. Kathy, cada vez más curiosa, siguió a Sergio al interior. El sol entraba a raudales por los altos ventanales, iluminando un elegante vestíbulo y una escalera. La decoración era de estilo contemporáneo.

—Explora cuanto quieras —ofreció Sergio.

—¿Qué pasa aquí? —Kathy no ocultó su desconcierto—. ¿Por qué me has traído a esta casa?

—He comprado esta casa para ti. Quiero que críes aquí a mi hijo.

A Kathy la anonadó el concepto y la forma de expresarlo. Mi hijo, no nuestro hijo. Se esforzó por tomar esa distinción como una señal positiva de su deseo de involucrarse en el futuro del bebé. Movió la cabeza lentamente y su precioso cabello chispeó como metal bruñido bajo la luz del sol. Sus ojos se agrandaron de incredulidad.

—¿Quieres que me traslade a otro país y que viva dependiendo de ti? ¿Esperas que aplauda de emoción o algo así?

—Déjame explicarte cómo lo veo yo —urgió Sergio.

Kathy se tragó una retahíla sobre su arrogancia y audacia. Comprendía que supuestamente debía estar impresionada por aquella sorpresa que debía haberle costado millones. Tal vez pensaba que había sido hábil, generoso y creativo ante una situación difícil. Tal vez creía que ella era un problema que solucionaría con una lluvia de dinero. Aun así, se sentía humillada y ofendida; una vez más, él había subrayado las diferencias económicas, de clase y estatus que había entre ellos y optado por decidir por ella.

—¿Te apetece una copa de vino? —sugirió Sergio, señalando la botella que había sobre la mesa—. Es un Brunello clásico de los viñedos Azzarini, que han pertenecido a los Torenti desde hace siglos.

—Estoy embarazada... —apretó los labios—, beber alcohol no es buena idea —explicó al ver que él la miraba con desconcierto—. ¿Es que no sabes nada de mujeres embarazadas?

—¿Por qué iba a saberlo? —Sergio arrugó la frente.

—Dime por qué opinas que sería buena idea que me trasladara a Francia —Kathy se cruzó de brazos.

—Si sigues en Londres, siempre te seguirá el fantasma de tu pasado.

—Te refieres a mi estancia en la cárcel —se le encogió el estómago de incomodidad y tensión.

—Con mi ayuda, puedes reescribir esa historia y enterrar tu pasado —Sergio la escrutó con sus ojos oscuros y dorados—. Puedes cambiar de nombre y emprender una nueva vida. Sería una segunda oportunidad para ti y también ofrecería un pasado menos problemático para mi hijo.

A ella le dolió su sinceridad. Kathy inspiró con fuerza y se acercó a la ventana. Se estaba clavando las uñas en la palma de la mano para intentar mantener la compostura.

—¿Y crees que eso es lo que debería hacer?

—Si sigues en Londres, inevitablemente, la prensa se hará eco de nuestra relación. Una vez que ese genio salga de la lámpara, no habrá manera de volver a ocultarlo.

—Te he escuchado, y ahora tendrás que escucharme tú a mí —Kathy giró hacia él con brusquedad—. Fui a la cárcel por un delito que no cometí. No robé esa jarrita ninguna otra de las piezas que desaparecieron de la colección de la señora Taplow.

Sergio, con ojos oscuros como la noche, fríos e inescrutables, soltó el aire con un siseo.

—Cometiste un error. Eras joven y no tenías una familia que te apoyara. Dejemos eso atrás y sigamos adelante con el nuevo reto que se nos presenta.

Kathy palideció y lo miró con fijeza. La hería su negativa a considerar siquiera su posible inocencia.

—¿Ni siquiera eres capaz de escucharme con justicia?

—Eso ya lo hizo un tribunal, con juez y jurados, hace cuatro años.

Mortalmente pálida, Kathy desvió la vista, sintiéndose como si la hubiera abofeteado. Había intentado abrir una puerta y él la había cerrado en sus narices, echando el cerrojo para más seguridad. Se negaba a escuchar su alegación de inocencia. No tenía interés en su historia porque estaba convencido de su culpabilidad.

—A mí me preocupa el futuro —aseveró Sergio—. No cambiemos de tema.

—Yo no te importo, excepto en cuanto a que quieres controlar mis movimientos sin ofrecer ningún compromiso a cambio —sus vívidos ojos verdes chocaron con los de él, destellando ira.

—Esta casa supone un compromiso por mi parte. Piensa en la vida que llevarías aquí. —Sergio se acercó y agarró sus tensas manos—. Un nuevo principio, sin preocupaciones económicas y lo mejor de todo para ti y para tu hijo. ¿Por qué discutes sobre esto? Es necesario solucionar estas cosas prácticas antes de ocuparnos de un ángulo más personal.

—Te dije que nunca aceptaría la opción «estilo de vida lucrativo» —su voz tembló porque estaba haciendo acopio de voluntad para alejarse de él. A pesar de que todos sus sentidos anhelaban el contacto físico, incluso si solo era la viril calidez de sus manos. Era un puro caos, deseaba hacer lo correcto y la aterrorizaba tomar la decisión errónea.

—Nunca debí hacer ese comentario, *delizia mia*. Estaba tenso y agresivo sin razón en ese momento. Ahora llevas dentro un hijo mío. ¿Quién sino yo iba a cuidar de ti?

Sergio estaba tan cerca que ella podía ver el anillo bronce oscuro que rodeaba su iris y acentuaba la oscuridad de sus pupilas, las negras y rectas pestañas que conferían a su mirada una profundidad impactante y llena de hechizo. Se debatía entre una mezcla de rechazo y dolor. Y su deseo por él le quitaba el aire. Sabía que la euforia que le provocaba su cercanía amenazaba con adormecer sus neuronas, hasta el punto de dejar de pensar. No era el mejor momento para comprender que lo que sentía por Sergio Torenti era mucho más profundo de lo que había querido admitir.

—Kathy —musitó Sergio con un tono que era pura seducción depredadora.

—Escucha, ni siquiera he decidido si voy a quedarme con el bebé —se obligó a decir Kathy, esforzándose por controlar el rumbo de sus pensamientos.

—¿Qué quieres decir con eso? —Sergio, helado de sorpresa, apretó sus muñecas.

—Aún podría optar por darlo en adopción… —Kathy, con expresión defensiva e inquieta, liberó sus manos.

—¿Adopción? —la palabra y el concepto devastaron a Sergio.

—Yo fui adoptada y tuve una infancia muy feliz. Si no estoy segura de poder proporcionarle lo mismo a mi bebé, me plantearé la adopción como posibilidad. ¡Una cosa sí tengo clara! —exclamó Kathy con emoción—. ¡Esto no se trata de casas, apariencias y dinero! Ni tampoco de lo que tú quieras. Se traga de mi capacidad de amar y cuidar de mi bebé.

—Desde luego —afirmó él con el rostro tenso—. Pero no estarás sola. Contarás con mi apoyo.

—No estarás aquí para lo difícil. Vendrás de visita cuando te convenga. ¿No entiendes que no quiero depender de tu mundo? No quiero que pagues mis facturas y me digas qué hacer a cada paso…

—No sería así.

—¿No? —lo retó Kathy—. Entonces ¿podría vivir aquí con otro hombre si me enamorase de uno?

Los ojos de él destellaron. Le sorprendió la hostilidad y desagrado que le provocaba esa idea.

—Es obvio que no. Esperarías que viviera como una monja…

—O que te conformaras conmigo.

—Ah… —Kathy se estremeció y la ira tensó su espalda como un muelle a punto de saltar—. Así que no solo pretendes ser padre a tiempo parcial. El acuerdo también implicaría ciertas obligaciones sexuales.

—Eso es un comentario de muy mal gusto. No puedo predecir el futuro. No sé hacia dónde nos encaminamos —Sergio alzó un hombro con un gesto sofisticado. Era puro ardor de sangre italiana, pero también frío como el hielo cuando se sentía presionado.

—Sabes exactamente hacia dónde nos encaminaríamos: a ningún sitio —dictaminó Kathy, temblorosa—. Por lo que sé, nunca has tenido una relación duradera. ¡Y no vas a romper tus costumbres por una ladrona convicta!

Sergio la acorraló entre la ventana y la pared y la estudió con ojos destellantes de sensualidad.

—¿Incluso si no puedo quitarte las manos de encima ni cuando me irritas como un diablo, *delizia mia*?

Pero Kathy tenía demasiado miedo de su magnetismo para bajar la guardia un solo segundo.

—¿Le dijiste lo mismo a Christabel Janson? ¿O ella era digna de un enfoque menos crítico?

—No sigas por ahí —aconsejó él con expresión impasible. El brillo travieso de sus ojos había desaparecido—. No doy razones a ninguna mujer.

—Entonces, ¿por qué tienes la cara dura de exigirme nada a mí? —Kathy estaba tan agitada que temblaba de arriba abajo—. ¡Me niego rotundamente a ser un sucio secreto en tu vida!

—No te he pedido que lo fueras —sus ojos se encendieron como llamas de oro.

—Sí lo has hecho. Te avergüenzas de mí pero sigues queriendo acostarte conmigo. Nunca aceptaré eso. Has malgastado mi tiempo y el tuyo trayéndome aquí —escupió Kathy con furia, yendo hacia la puerta—. Quiero volver a Londres.

—Esto es infantil, *belleza mia*.

—No, estoy siendo sensata —refutó Kathy, temiendo que su ira se debilitara.

—Tenemos que llegar a un acuerdo de futuro.

–No puedo hablar contigo mientras me sienta así –Kathy lo miró de arriba abajo con frialdad–. Tal vez podríamos hablar por teléfono dentro de unos meses.

–¿Unos meses? –rugió Sergio incrédulo–. ¡Me necesitas ahora!

–No, no es así.

–*Santa Madonna*… ¡ni siquiera te estás cuidando! –condenó Sergio de repente–. ¿Cuántas horas trabajas al día? No puedes realizar dos trabajos estando embarazada sin perder la salud.

–Me las apañaré –Kathy le lanzó una mirada gélida–. Aprendí hace mucho tiempo a no confiar en ningún hombre.

–¿Quién te enseñó eso?

–El amor de mi vida… Gareth –su deliciosa boca rosada se curvó con amargura–. Crecimos puerta con puerta. Habría hecho cualquier cosa por él. Pero no me ayudó en absoluto cuando estuve en una situación difícil, y tú serás igual…

–Estoy haciendo cuanto está en mi mano para apoyarte –gritó Sergio, enojado.

–No, estás lanzándome dinero e intentando trasladarme a un país extranjero donde hay menos posibilidades de que te avergüence. Si eso es lo que llamas apoyo, ¡puedes guardártelo! –Kathy estiró la mano hacia la puerta para poner fin a la confrontación.

–¡Diablo de mujer! ¿Y esto? ¿También te conformarás sin esto? –Sergio la atrapó con sus brazos y aplastó su boca con un beso apasionado y devastador.

Introdujo una mano entre su cabello cobrizo para sujetarla y apretó su esbelto cuerpo contra el suyo. Consciente de su excitación masculina y del tronar de su corazón, ella se estremeció entre sus brazos y devolvió cada uno de sus besos con un hambre fiera, ardiente y letal. Pero nada podía paliar la tristeza que sentía en su corazón. Cuando por fin la soltó, se dejó caer contra la pared.

–Se suponía que iba a beber la clásica copa de vino y subir al dormitorio para celebrarlo contigo, ¿verdad? –Kathy seguía luchando, aunque le temblaban las rodillas–. Pero no estoy tan desesperada como para tener que compartir a un hombre, ¡y nunca lo estaré!

Sergio ya había abierto el teléfono. No se molestó en contestar. Su distanciamiento fue tan efectivo como una pared invisible. El silencio era sofocante. Ella se sintió apartada, rechazada, y no pudo soportarlo. Aunque estaba tan enfadada con él que habría gritado de ira, deseaba volver a estar entre sus brazos. Él abrió la puerta. Ella le concedió un segundo para hablar. No dijo nada. Ni tampoco le impidió salir.

–Te odio… de verdad, te odio muchísimo –susurró ella con fiereza antes de salir. En ese momento lo decía totalmente en serio.

La puerta se cerró a su espalda sin siquiera un atisbo de portazo.

Consciente de que los guardaespaldas de Sergio vigilaban cada uno de sus movimientos y debían estar preguntándose por qué se marchaba sola diez minutos después de llegar, Kathy intentó ofrecer un aire de compostura. De repente, en la casa se oyó el inconfundible ruido de cristal estallando en pedazos. Se preguntó si habría sido la botella de vino de reserva al chocar contra la chimenea. Enderezó los hombros y alzó la barbilla. Con ojos brillantes de satisfacción y paso seguro, fue hacia el coche que la esperaba.

Sin embargo, a lo largo de las dos semanas siguientes, Kathy empezó a sentirse más y más agotada. Tigger murió mientras dormía, y se sentía desconsolada por la pérdida de su mascota. Mientras se preocupaba por su futuro y lloraba a su gato, las náuseas matutinas se extendieron a otros momentos del día y empezó a pasar las noches en vela. Estar embarazada y enferma era más duro de lo que había esperado y tuvo que empezar a trabajar menos horas en la cafetería. Consciente de que a

Kathy ya le resultaba difícil pagar sus facturas, Bridget le ofreció su habitación de invitados, pero Kathy no quería aprovecharse de su amistad.

Habría negado con vehemencia que esperaba que Sergio diera algún paso. Pero cuando descubrió que Sergio estaba de hecho dando pasos que no tenían nada que ver con ella, despertó a la cruda realidad. Un día, cuando iba en autobús al trabajo, vio el rostro de Sergio en una página de revista. No estaba lo bastante cerca para leer el artículo, y aunque se dijo que no debía interesarse, era humana. En cuanto bajó del autobús, compró la revista del corazón y pagó el precio de su curiosidad.

Descubrió que Sergio era propietario de un yate, el Diva Queen, y que había celebrado una fiesta a bordo solo para hombres, sin sus mujeres, en honor a su amigo Leonidas Pallis, un millonario griego. Una bailarina exótica hacía comentarios sobre una «interminable orgía en altamar». Kathy estudió la foto de Sergio, con la camisa abierta y bailando con una despampanante rubia semidesnuda. Incluso borracho y tonteando estaba guapísimo. Pensó que sin duda le gustaban rubias y que parecía estar pasándolo muy bien. Sin duda eso era mucho mejor que el ajedrez.

Kathy reconoció que no era el tipo de hombre con quien una mujer decidiría tener un hijo. Sin embargo, dado que había aceptado su responsabilidad y le había ofrecido ayuda económica, no podía criticarlo. En ningún momento le había dicho lo que sentía con respecto a convertirse en padre; comprendió que era innecesario, su comportamiento lo dejaba claro. Pretendía enviarla a Francia para que viviera bajo un nombre falso y solo se verían cuando él quisiera. Entretanto, las fiestas descontroladas de Sergio eran merecedoras de titulares.

Kathy creía que Sergio estaba reaccionando a la situación en la que se había encontrado. No quería ser padre y le gustaba aún menos que la madre de su hijo fuera una ladrona convicta. Esa era la desagradable realidad y ella tendría que aceptarla y reafirmar su independencia. Un primer paso sería solucionar su futuro por sí misma, en esa etapa temprana del embarazo, Sergio no tenía por qué involucrarse. Además, un tiempo de alejamiento sería bueno para ambos. Necesitaba tiempo y espacio para decidir qué quería hacer cuando naciera el bebé. Quedarse allí con la esperanza de que Sergio Torenti solucionaría sus dudas y miedos solo implicaría una decepción.

Esa noche cenó con Bridget y le comunicó su planes.

–Tendré que irme de Londres. Si dejo de trabajar en la cafetería, no ganaré bastante para pagar el alquiler. Y no quiero depender de la ayuda de Sergio.

–¿Por qué no?

Kathy sacó la revista del bolso y se la dio. Bridget leyó el artículo y enarcó una ceja, sin comentarios.

–Si no te molestan los niños ni cocinar, podrías ir a casa de mi ahijada, en Devon –sugirió.

–¿Tu ahijada? –repitió Kathy.

–Nola es vital y práctica, igual que tú. Os caeréis bien. Su marido es periodista y casi nunca está en casa. Está embarazada del cuarto hijo y necesita ayuda desesperadamente. Su niñera se casó y ha tenido dos más estas últimas semanas. La primera echaba tanto de menos a su familia que no dejaba de llorar, la segunda lo dejó porque la casa está demasiado lejos de la ciudad. ¿Qué te parece?

–Consideraré cualquier opción –contestó Kathy–. No hay nada que me retenga aquí.

Capítulo 7

KATHY acababa de entrar en la agencia inmobiliaria donde trabajaba Nola cuando sintió el dolor. Gimió y se agarró al borde del escritorio para equilibrarse. El miedo que sintió fue mucho más intenso que la contracción que sentía en el bajo vientre.

–¿Qué ocurre? –exigió Nola, interrumpiendo su conversación con otra empleada.

–¡Creo que llega el bebé! –susurró Kathy, temblorosa y tan blanca como la pared–. Pero es demasiado pronto.

Nola Ross, una sensata mujer rubia de treinta y pocos años, obligó a Kathy a sentarse.

–Respira lenta y profundamente. Puede que no sea más que una contracción Braxton-Hicks.

Pero los dolores continuaron y decidieron que lo mejor era que Kathy fuera al hospital local. Una vez allí, Kathy insistió en que Nola regresara a la agencia, porque sabía que tenía reuniones con clientes. El doctor medicó a Kathy para intentar parar las contracciones y organizó su traslado a un hospital con unidad de neonatos. A esas alturas habían pasado varias horas. No había camas libres, así que la dejaron en una camilla, en el pasillo, hasta que llegara la ambulancia.

Allí tumbada, Kathy se esforzaba por controlar su pánico. Solo estaba embarazada de treinta y cinco semanas, y sabía que era un riesgo que la niña naciera demasiado pronto. Su mente revivió los últimos siete meses como una película. No había trabajado demasiado tiempo como ayudante doméstica de Nola. En cuanto Nola tuvo el bebé, su marido la abandonó por otra mujer, sumiendo a la familia Ross en el caos. Durante esa difícil etapa, Nola y Kathy se habían hecho amigas íntimas. Para entonces Kathy ya había dejado atrás las náuseas matutinas de los primeros meses y estuvo ayudando en la agencia inmobiliaria durante la breve baja por maternidad de Nola. ¡Descubrió que era genial vendiendo casas! Hacía tres meses que Nola había contratado a una niñera interna y a Kathy como agente de ventas. El traslado de Kathy desde Londres a una pequeña ciudad de Devon había sido un éxito en todos los sentidos.

Pero en ese momento Kathy se hundía en un pozo de horror y remordimientos. Empeñada en establecer una base segura para ella y su hija, había trabajado mucho, pues una profesión con futuro era la mejor red de seguridad para una madre soltera. Se preguntaba si habría trabajado en exceso, con demasiado estrés y descanso insuficiente. Cuando las náuseas quedaron atrás, se había sentido muy bien. Poco a poco, el bebé se había convertido en lo más importante de su mundo. Descubrir que era una niña había intensificado sus sentimientos. Ni por un momento había pensado que su cuerpo podía llegar a fallarle.

–¿Kathy…?

Ella se estremeció de arriba abajo al reconocer la inolvidable y profunda voz. Giró la cabeza en la almohada y sus ojos verde manzana se iluminaron de asombro. Sergio Torenti estaba a unos pasos de ella, contemplándola con ojos sombríos como la noche.

–¿Estás bien? –preguntó.

–No… –consiguió musitar la palabra y un segundo después sollozaba como si se le estuviera rompiendo el corazón. Durante los últimos meses, su rígida autodisciplina había conseguido que no se rindiera a pensamientos pocos productivos. Pero que él estuviera allí en persona era un enorme reto en un momento en que sus defensas estaban por los suelos y sus emociones fuera de control–. Vete... –gimió.

Sergio respondió con un gesto espontáneo e inesperado. Le apartó el pelo de la frente húmeda y agarró su temblorosa mano.

–No puedo dejarte sola. No me pidas que vuelva a hacer eso.

–¿Cómo has sabido que estaba aquí?

–Eso no tiene importancia ahora. Ya he hablado con el médico. No dudo que han hecho cuanto estaba en sus manos, pero estás en una camilla en el pasillo, desatendida –murmuró Sergio con ira–. Eso no es un nivel de cuidados aceptable.

–Es un hospital pequeño y no pueden hacer más por mí de momento –explicó Kathy.

–Una ambulancia aérea viene de camino con un tocólogo que se hará cargo de todo –apretó su mano–. Por favor, déjame ayudar.

Kathy ni siquiera tuvo que pensarlo, en términos de tratamiento era la mejor opción disponible. También la animó mucho que él diera tanta importancia a la seguridad del bebé como ella.

–De acuerdo.

–Pensé que me harías sudar y ofrecerte mil argumentos –dijo él, sin ocultar su sorpresa.

–Lo único que quiero es hacer lo mejor para mi bebé –admitió Kathy–. En este momento nuestras diferencias no importan.

Todo fue muy rápido a partir de ese momento. Pronto estuvo acomodada en la ambulancia aérea. Por primera vez en meses, se encontró preocupándose por qué aspecto tendría, lo cual era bastante tonto y superficial. No tenía sentido preocuparse de si tenía los ojos y la nariz rojos e hinchados. O de si su vientre parecía una montaña, estando allí tumbada. Sabía que, como poco, debía parecer cansada y despeinada, como cualquier mujer cercana al término de su embarazo tras un día agotador. Se consoló pensando que Sergio también estaba menos perfecto de lo habitual en él. Se había aflojado la corbata de seda, se había alborotado el cabello con dedos impacientes y una sombra negro azulada empezaba a oscurecer su mandíbula. Pero seguía pareciéndole guapísimo.

En ese momento, él alzó las cejas con preocupación, y le dirigió una mirada inquisitiva. Kathy, sonrojándose, negó con la cabeza para indicar que no ocurría nada y cerró los ojos. Pero la imagen del hombre al que amaba seguía grabada en su retina. Lo amaba con locura y al tiempo lo odiaba por multitud de razones; pero seguía poseída por una intensa añoranza. Sabía que él no le hacía ningún bien, que era peligroso para ella, pero lo tenía en la sangre y en el alma y, por más que lo intentaba, no conseguía liberarse.

En muy poco tiempo, y con impresionante eficiencia, la trasladaron a una elegante clínica privada de Londres. El siguiente paso fue una ecografía.

—Me gustaría estar contigo —anunció Sergio.

Ella iba a objetar cuando una ojeada a su rostro le advirtió que eso era exactamente lo que él esperaba. Se tragó su protesta porque él estaba haciendo cuanto podía por ayudar y le parecía injusto excluirlo de nuevo. Resignándose a que viera su vientre desnudo, tiró de la manga de su chaqueta para llamar su atención. Sergio inclinó la cabeza hacia ella.

—Vamos a tener una niña —susurró Kathy.

Sergio alzó la cabeza y frunció las cejas, como si no comprendiera. De pronto, inesperadamente, una sonrisa curvó su ancha y bonita boca.

Cuando comenzó el examen, Kathy comprendió que no tenía por qué haberse preocupado de su vientre desnudo, Sergio solo tenía ojos para las imágenes de la pantalla. Cuando vio el rostro de la niña, agarró su mano y lanzó una exclamación en italiano.

—Maravillosa —murmuró con voz ronca—. Es maravillosa.

Los ojos de Kathy se humedecieron y parpadeó para evitar las lágrimas. Tras algunas pruebas, le conectaron un monitor de seguimiento fetal y la condujeron a una lujosa habitación privada. El tocólogo tranquilizó sus miedos al decirle que los bebes que nacían después de treinta y cuatro semanas de gestación tenían un índice muy alto de supervivencia. Aun así, no había garantías, y cuanto más tiempo estuviera el bebé en su vientre, mejor. Dado el riesgo de parto prematuro, el tratamiento consistiría en reposo absoluto e hidratación.

Sergio salió con el tocólogo, pero regresó unos minutos después.

—Pensaba que te habías ido —comentó Kathy.

—Por Dios... espero eso sea broma —sus ojos astutos la escrutaron—. Pero no bromeas, ¿verdad?

Kathy evitó responder, porque no había sido su intención molestarlo.

—Bueno, ahora que estamos solos, al menos podrías decirme cuánto tiempo hace que sabes dónde vivo.

—Me enteré hoy, al mismo tiempo que supe de tu hospitalización —Sergio la estudió con el rostro rígido—. Fui el último de la cadena. Nola, quienquiera que sea, se puso en contacto con Bridget Kirk, que transmitió la noticia a Renzo Catallone.

—¿Bridget se lo dijo a Renzo? —ella enarcó las cejas con sorpresa—. No sabía que se conocieran.

—Sí se conocen. Es evidente que tu amiga sabe guardar un secreto. Cuando hablé con ella, hace meses, me juró que no tenía ni idea de tu paradero.

—A mí tampoco me dijo que te habías puesto en contacto con ella —dijo Kathy, desconcertada.

—Renzo ha seguido en contacto con ella, y por fin consiguió resultados. Pero él también creía que no sabía dónde estabas.

–Me sorprende que Bridget decidiera decírselo a Renzo.

–¿En serio? Contigo a punto de dar a luz, o incluso de perder a mi hijo, era hora de dejar los juegos.

Kathy captó el núcleo frío de su ira. El mero hecho de que estuviera esforzándose por ocultarla, de que mantuviera una fachada impasible, la advirtió de lo profunda que era su hostilidad.

–Bridget solo estaba respetando mis deseos e intentando protegerme...

–¿De mí? –Sergio la miró de reojo y fue hacia la ventana; sus anchos hombros irradiaron la ferocidad de su tensión antes de que se diera la vuelta–. ¿Me merezco eso? ¿Acaso te asusté de alguna manera?

–No –concedió Kathy.

–Quizá algo que hice te afectó...

–Estás intentando sonsacarme –dijo ella, mirándolo con ojos velados.

–Necesito saberlo. No quiero que vuelvas a desaparecer sin más –replicó Sergio.

–Tú te lo buscaste –dijo Kathy, optando por la honestidad.

–¿Estás diciendo lo que creo que estás diciendo? –Sergio la estudió con incredulidad–. ¿Te refieres a la fiesta que organicé para Leonidas Pallis? La prensa se cebó en eso, de forma desproporcionada. ¿Eso fue lo que te molestó?

–La palabra «molestó» se queda corta –le advirtió Kathy con tono ácido.

Sergio abrió las manos con un gesto de incredulidad, y sus ojos chispearon con llamas de oro.

–¿Tanto te enfadó el crucero como para huir y hacerme pasar por siete meses de infierno?

–«Enfadó» tampoco es la palabra adecuada...

–¿Qué te parece... «venganza»?

–Supongo que hubo parte de eso, aunque en ese momento no lo vi –concedió Kathy con desgana.

Sergio soltó una risa descarnada.

—Pensé que estaba más que harta de ti. No quería que me ocultaras en Francia —confió Kathy—. Me pasaba los días vomitando y estaba tan agotada que apenas podía mantener los ojos abiertos en el trabajo, y mientras tú estabas de fiesta...

—Puedo explicarlo...

—No pierdas el tiempo. En cualquier caso, no me debes ninguna explicación —dijo Kathy con voz resuelta—. Es sencillo... yo necesitaba seguir con mi vida, igual que estabas haciendo tú.

—Así que se trataba de equipararte a mí —comentó Sergio con expresión irónica.

Kathy sintió el fuerte deseo de salir de la cama y abofetearlo por su arrogancia.

—No todo se trata de ti... ¿por qué piensas que sí? ¡Deja de interpretar mis palabras como si fueran un cumplido para tu ego! No tenía ninguna buena razón para quedarme en Londres.

Sergio la miró con rostro serio y tenso.

—No puedes permitirte discutir conmigo ahora. Se supone que debes estar tranquila y evitar el estrés.

—¡Entonces da marcha atrás al reloj y borra el momento en el que nos conocimos —Kathy se apartó el pelo de la frente con frustración.

—Incluso si pudiera, no lo haría —admitió Sergio sin ningún titubeo—. Quiero a esa niña. Y a ti también.

A Kathy no la impresionó esa declaración. Sus ojos verdes chispearon y su rosada boca esbozó una mueca de desdén. Sintió la tentación de decirle que ese barco no solo había zarpado, sino que se había hundido en el alta mar con toda su tripulación. No la había querido lo suficiente cuando había tenido importancia de verdad y ya era tarde. Pero no dijo nada para no dar la impresión de que lo lamentaba.

—Y cueste lo que cueste, te tendré —añadió Sergio con voz templada.

Kathy parpadeó, creyendo haber oído mal. Alzó las pestañas y se enfrentó al reto dorado de sus ojos; fue como lanzarse a un pozo de pasión abrasadora. Él no intentó ocultar el deseo dibujado en su rostro y ella se quedó paralizada.

—Bien. Me alegra que por fin nos entendamos, *delizia mia* —murmuró Sergio con voz sedosa, pulsando un botón que había en la pared—. He pedido que trajeran comida, y creo que deberías intentar comer.

Pero cuando llegó la bandeja, Kathy fue incapaz de complacerlo, no tenía apetito. Sergio se sentó en un extremo de la habitación y abrió un ordenador portátil, como si no pensara moverse de allí, mientras ella descansaba tumbada de costado, según le habían ordenado. Se preguntó por qué cada vez que su vida parecía enderezarse, surgía un nuevo obstáculo en su camino. A su pesar, admitió que esa vez ella había participado activamente en crear el problema.

La frustraba intensamente que le hubiera sido impuesta la dependencia que había intentado evitar por todos los medios. Descansar en una clínica londinense no pagaría sus facturas. Si el bebé era prematuro y requería cuidados especializados, dependería aún más de la buena voluntad de Sergio para sobrevivir. Su intención había sido trabajar hasta el último momento. Se preguntó cuánto tiempo podría Nola guardarle el puesto en la agencia inmobiliaria. Y estaba el problema de sus pertenencias.

—¿Por qué frunces el ceño? —preguntó Sergio.

—Prométeme que si tengo que pasar semanas aquí, te ocuparás de recoger mis pertenencias y mantenerlas a salvo —suplicó Kathy.

Sergio sacudió la cabeza con sorpresa, se levantó y se acercó a la cama.

—¿Cómo puedes preocuparte por algo así?

—No puedo ocuparme yo misma de eso, y todo lo que tengo está en casa de Nola.

—¿Pero qué te hace pensar que eso pueda llegar a ser un problema?

—Cuando me arrestaron, hace cuatro años, lo perdí todo —admitió Kathy—. Fotos familiares, recuerdos, ropa, todo. No quiero que vuelva a ocurrir, y sería muy fácil.

—¿Cómo ocurrió eso? —preguntó Sergio, arrugando la frente.

—No había nadie que pudiera responsabilizarse de mis cosas mientras estuve en la cárcel, así que todo fue vendido o acabó en la basura. Gareth prometió que guardaría mis cosas, pero después dejó que su madre me despachara y no volví a saber nada de él...

—¿Su madre? —repitió Sergio, atónito.

—Fue a visitarme a la cárcel para decirme que su hijo había terminado conmigo. Le escribí, y también a mi casera, pero no se molestaron en contestar.

—Haré que recojan tus pertenencias en cuanto quieras. Créeme, no perderás ni una cosa —Sergio la contempló con fijeza—. Compartimos la desconfianza en nuestros semejantes. ¿Cómo puedo demostrarte que, a pesar de mis defectos, puedes confiar en mi palabra?

—No puedes —Kathy estaba tensa, porque sentía una sensación que parecía ser la precursora de las contracciones que habían conseguido detener horas antes.

—¿Ni si te pido que te cases conmigo?

—¿Me lo estás pidiendo? —preguntó ella, mirándolo fijamente.

—Sí, *bellezza mia* —Sergio se enfrentó a su mirada con expresión serena—. Vas a tener un hijo mío. Es la solución más racional.

—Pero la gente no se casa solo porque...

—En mi familia sí —interrumpió Sergio.

Kathy miró el sillón que él había abandonado. No quería agarrarse a su oferta y halagar su ego. Pero si consideraba la propuesta basándose en la seguridad y el sentido común, solucionaba todas sus necesidades prácticas y le evitaría tener que preocuparse por su futuro como madre. De hecho, si se casaba con Sergio, su niña nunca tendría que sacrificarse como ella. Sus padres adoptivos le habían inculcado principios suficientes como para que la idea del matrimonio le resultara más atractiva que la preocupación de ocuparse sola de su hija. Si él estaba dispuesto a comprometerse hasta tal punto por el futuro de su hija, era mucho más responsable y fiable de lo que ella había creído.

Kathy intentó no hacer una mueca de horror cuando comprendió que una nueva contracción tensaba su vientre, volvía a estar de parto. Sabía que en ese momento era muy vulnerable. Él no la amaba, pero estaba dispuesto a actuar como padre de su hija. En ese momento, eso le importaba tanto como saber que, si le decía que sí, se quedaría con ella.

–De acuerdo, me casaré contigo –aceptó.

–Lo organizaré todo –la expresión firme y seria de Sergio demostraba que no había esperado una negativa–. Celebraremos la boda antes de que nazca el bebé…

–Lo dudo –gimió Kathy, sintiendo una intensa oleada de dolor–. Han vuelto a empezar las contracciones. Creo que el bebé llegará antes.

Sergio la miró con consternación, pero un instante después reaccionó pidiendo ayuda. Todo fue muy rápido a partir de ese momento. Ambos se asustaron cuando el cirujano decidió que una cesárea sería lo más seguro y rápido. Kathy temía por la vida de la niña y Sergio hizo cuanto pudo por calmarla. Y lo consiguió. Vestido con ropa de quirófano de color verde, sujetó su mano durante todo el proceso, sin dejar de darle ánimos. Estaba pálido, pero aguantó. Solo cuando Sergio vio a su hija por primera vez, Kathy se dio cuenta de hasta qué punto se había controlado y de que su ansiedad había sido equivalente a la de ella; vio que sus ojos se llenaban de lágrimas.

La recién nacida fue sometida a un reconocimiento

exhaustivo. Al comprobar que tenía leves problemas respiratorios, la trasladaron a la incubadora de inmediato.

—Me gustaría llamar Ella a la niña, por mi madre —dijo Kathy, cuando estuvo de vuelta en la habitación. Tenía la necesidad de dar un nombre a su hija, para sentirla más cerca aunque no pudiera tenerla en brazos.

—Ella Battista... por la mía —sugirió Sergio.

Kathy empezaba a rendirse a las consecuencias del estrés, el agotamiento y la medicación; sentía los párpados muy pesados. Sergio fue a ver a Ella y, cuando regresó para comunicarle sus progresos, Kathy por fin se dejó vencer por el sueño.

Nola Ross telefoneó a la mañana siguiente, y envió un ramo de flores. Bridget llegó y se unió a Kathy en la unidad de cuidados intensivos, donde dedicó un buen rato a admirar la sedosa mata de rizos cobrizos de Ella y sus delicados rasgos.

—¿Estás enfadada conmigo por involucrar a Sergio? —inquirió Bridget con preocupación, una vez volvieron a la habitación de Kathy y estuvieron solas.

—Claro que no —dijo Kathy—. ¿Pero por qué no mencionaste la visita de Sergio ni la de Renzo?

—Sabía que te molestaría saber que Sergio estaba intentando encontrarte —Bridget hizo una mueca—. Y después las cosas se complicaron...

—¿Cómo?

—No se lo digas a Sergio aún, pero estoy saliendo con Renzo.

Kathy le dirigió una mirada de sorpresa y luego se echó a reír. Bridget la hizo sonreír con su relato de cómo las frecuentes visitas del italiano a su cafetería habían dado pie a una amistad que se había convertido en algo más serio.

—Al principio simulé que no sabía dónde estabas. Luego seguí haciéndolo porque Renzo era demasiado leal con Sergio y no podía confiarle la verdad...

—Deberías habérmelo dicho.

—Ya tenías bastantes problemas. En justicia, debo decir que Sergio no ha dejado de buscarte durante todos estos meses.

—Debía sentirse culpable. Debí dejarle una nota diciendo que no se preocupara y que todo me iría bien —concedió Kathy.

—Pero el dramático silencio y la huida eran más acordes con tu estilo, *bellezza mia* —interpuso Sergio desde el umbral—. Señora Kirk, espero que Kathy la haya invitado a nuestra boda.

—¿Qué boda? —la mujer abrió los ojos como platos—. ¿Pensáis casaros? ¡Es una noticia fantástica!

—Aún no había tenido tiempo de mencionarlo —Kathy se encogió y ruborizó al sentir la mirada sardónica de Sergio. No había encontrado el momento de dar la noticia porque, en el fondo, se sentía como si acceder a casarse con él fuera una traición a sus principios y a su orgullo—. Además, falta mucho tiempo —añadió—. Tenemos que esperar a que Ella esté lo bastante fuerte para dejar el hospital, y a que yo me recupere de la cesárea.

Al final, a Ella le dieron el alta tan solo tres días antes de la boda de sus padres, y para entonces ya tenía siete semanas. Después de superar los problemas respiratorios, le habían diagnosticado anemia. Además, una preocupante infección había hecho que Kathy pasara día y noche en el hospital, junto a su hija. Sergio, que tenía un vasto imperio a su cargo, no había podido estar allí todo el tiempo, pero había compartido cada crisis con Kathy y con su hija. Ella había aprendido a apoyarse en la fuerza de Sergio en sus momentos más bajos. Su coraje ante la adversidad y su negativa a considerar un resultado negativo habían animado a Kathy cuando más había temido por su hija. Sin embargo, cuando el peligro pasó, Sergio se marchó de viaje.

Le había sugerido a Kathy que se instalara en su piso, pero una suite en un hotel discreto, frente al hospital, había resultado más conveniente para ella. La sepa-

ración física, unida a su necesidad de concentrarse por
completo en los problemas de Ella, había creado un distanciamiento entre Sergio y Kathy. Además, Sergio había hecho lo posible por evitar que la prensa se enterara
del nacimiento de Ella y de sus planes de boda antes de
hacer un anuncio oficial. En consecuencia, sus encuen-
tros habían alcanzado un nivel de discreción que impe-
día que se vieran excepto en el hospital. Y allí nunca
habían estado a solas.

Aunque Sergio había intentado cambiar la situación,
Kathy se había excusado alegando que tenía que estar
con Ella o que estaba demasiado cansada. En el fondo,
estaba convencida de que todo el secretismo se debía a
que él quería ocultar su vergonzoso pasado el mayor
tiempo posible. Así que Sergio no podía desear que lo
vieran en público con ella. La prensa seguía cada movimiento de Sergio con interés y Kathy temía que, en
cuanto se supiera que iba a convertirse en su esposa, sus
antecedentes penales saltarían a los titulares. Solo pensarlo la ponía enferma de ansiedad. Pero era peor aún
saber que Sergio también sufriría esa humillación y que,
en el futuro, afectaría a su hija.

Entretanto, los preparativos de boda habían quedado
en manos de expertos que trabajaban en conjunción con
la plantilla de Sergio. Habían elegido Italia como entorno
ideal y todos los detalles estaban controlados. En la lista
de invitados de Kathy solo figuraban Bridget y Nola, y
ambas estaban encantadas con la idea de un fin de semana de lujo bajo el sol italiano. Lo único que Kathy había
elegido por sí misma era su vestido de novia.

Cuarenta y ocho horas antes de la ceremonia, la recepcionista del hotel llamó a su suite para comunicarle
que el señor Torenti subía a verla. Sorprendida, porque
no esperaba verlo hasta el día siguiente, cuando volaría
a Italia con sus amigas, Kathy abandonó la maleta de
Ella y corrió a arreglarse el cabello. La sorprendió abrir
la puerta y ver a un desconocido, teniendo en cuenta las

estrictas medidas de seguridad impuestas por Sergio. Era un hombre con calvicie incipiente y ojos marrones cargados de tristeza.

—Soy Abramo Torenti —se presentó—, el hermano de Sergio.

—Cielos... —Kathy tuvo el tacto de no comentar que no sabía que su futuro esposo tenía un hermano—. Entra, por favor.

—Antes deberías comprobar mis credenciales —Abramo le enseñó su pasaporte—. Hoy en día no se puede ser demasiado precavido.

Desde luego, los hermanos no se parecían. Abramo parecía más entrañable que sexy y, mientras que su hermano tenía una condición física inmejorable, él tenía un cierto tinte grisáceo que apuntaba a reclusión. Con un cierto esfuerzo, ella recordó que Sergio era fruto del primer matrimonio de su padre, y Abramo hijo de su segunda esposa.

—Mi hermano no te ha dicho nada de mí, ¿verdad?

—Me temo que no —admitió Kathy. Abramo era más perceptivo de lo que parecía a primera vista.

—Hace ocho años que Sergio no habla conmigo. Se niega a verme. Es un Torenti al estilo de mi padre: inamovible y duro como el hierro —comentó Abramo con pesar—, pero seguimos siendo hermanos.

—Ocho años es mucho tiempo. Debisteis tener un enfrentamiento muy fuerte.

—Sergio fue la víctima inocente de las mentiras de mi madre —admitió Abramo con una mueca—. Mi padre tenía debilidad por él y eso la molestaba. Yo quería a mi hermano, pero también le tenía envidia. Cuando comprobé que la caída de Sergio me daría oportunidades con Grazia, me comporté tan mal como mi madre. No hice nada por ayudarlo a recuperar lo que era suyo por derecho.

—¿Grazia? —inquirió Kathy, fascinada—. ¿Quién es Grazia?

—Sergio te habrá hablado de ella, ¿no?

–No.

Abramo la miró sorprendido y atónito.

–Cuando Sergio tenía veintiún años, se comprometió con Grazia. Yo también estaba enamorado de ella –admitió con una mueca–. Cuando Sergio fue repudiado como heredero del imperio de las bodegas Azzarini y yo ocupé su lugar, Grazia se asustó y cambió de opinión respecto a casarse con él. Yo no quise desperdiciar la oportunidad. Me casé con ella antes de que pudiera cambiar de opinión.

A Kathy la maravillaron su sinceridad y su obvia esperanza de que Sergio pudiera perdonarlo por lo que debía haber sido una devastadora doble traición.

–No creo entender por qué me cuentas esto –dijo.

–Sergio está a punto de casarse contigo. Tenéis una hija. Nuestras vidas han cambiado. Quiero ofreceros mis mejores deseos de futuro. Siento una gran necesidad de hacer las paces con mi hermano –Abramo la miró suplicante–. ¿Hablarás con él?

En la habitación contigua, Ella empezó a llorar y Kathy agradeció la distracción. Alzó a su preciada hija en brazos y la acunó. Pensó que los vínculos familiares eran importantes. A pesar de que la sinceridad de Abramo la había impresionado, no quería interferir en una situación sobre la que sabía tan poco. Decidió presentarle a Ella a su tío. Resultó ser uno de esos hombres que adoraban a los bebés, y se quedó encantando con su sobrina. A Kathy le sorprendió saber que no tenía hijos propios.

–Hablaré con Sergio después de la boda –accedió Kathy–. Pero es cuanto puedo prometer.

Abramo agarró sus manos con una cálida expresión de gratitud y le juró que no se arrepentiría. En cuanto se marchó, Kathy tecleó Grazia Torenti en el buscador de Internet. El resultado le asombró: Grazia era una celebridad en Europa, hija de un marqués italiano de antiguo linaje. Vio la foto de una rubia etérea con rostro de virgen renacentista y un cuerpo que sería el epítome de la sensualidad incluso cubierto con un saco. Como pareja, Abramo y Grazia eran el equivalente al agua y el aceite; sin embargo Sergio y... Kathy hizo una mueca disgusto y cerró el navegador, no tenía derecho a cotillear. Al fin y al cabo, habían pasado ocho años desde que él estuvo comprometido con quien en la actualidad era su cuñada.

Esa noche llegó la risueña niñera que Kathy había elegido para ocuparse de Ella. Al día siguiente, fueron juntas al aeropuerto donde ser reunieron con Bridget y Nola. Diez minutos después, sonó el móvil de Kathy

–Me he enterado de que lo estás pasando bien –murmuró Sergio con voz burlona.

–¿Acaso has pedido a tu equipo de seguridad que me espíe? –inquirió Kathy, tensándose.

–No hacía falta, *delizia mia*. Oigo las risitas desde donde estoy.

–¿Dónde estás? –Kathy alzó los ojos. Recorrió el entorno con la vista hasta descubrir el cuerpo inconfundible de Sergio. Con el rostro oculto tras unas gafas de sol, estaba a unos treinta metros de distancia

–No, ignórame –urgió Sergio al ver que se levantaba–. No iremos juntos, vosotras volaréis en un jet de Pallis, para despistar a los periodistas.

–¿Y ofrecerá Leonidas un espectáculo de strippers masculinos para amenizar el vuelo? –preguntó ella con ojos llameantes–. Sería más interesante que unas risitas y café en mis últimas horas de soltera.

–Nunca vas a perdonarme lo de la fiesta en el yate, ¿verdad? –Sergio se llevó un dedo a los labios y soplo como si lo hubiera quemado.

–¿Tú que crees? –Kathy alzó los hombros con un gesto exagerado.

–*Delizia mia*, solo te pido que seas cortés con Leonidas. Su esposa y él son los anfitriones de nuestra boda...

Capítulo 8

UN cortés asistente de vuelo escoltó a Kathy y a sus acompañantes al avión de Pallis.

A Kathy le sorprendió encontrar a dos mujeres esperándolas a bordo. Una bonita joven de pelo castaño, ojos azul violeta y agradable sonrisa se presentó como Maribel Pallis y a su rubia y bella acompañante como Tilda, princesa Hussein Al-Zafar. Eran las esposas de los amigos de Sergio en su etapa universitaria, Leonidas y Rashad.

–Son como uña y carne... –Tilda juntó los dedos para explicar con un gesto la fuerte amistad que unía los tres hombres–. No podíamos esperar a que llegaras a Italia para conocerte.

–Siempre pensé que haría falta una experta en caza mayor para atrapar a Sergio –bromeó Maribel.

Kathy se calló que una niña de dos kilos y medio lo había conseguido ella solita, y sin ningún arma. Por muy verdad que fuera, eso pondría fin a la conversación, y tanto Tilda como Maribel estaban esforzándose mucho para hacer que se sintiera bienvenida. En ese momento, Ella abrió la versión infantil de los inusuales ojos verde claro de su madre para inspeccionar a las dos mujeres y eso acabó con cualquier posible barrera. Todas las mujeres presentes eran madres y tenían mucho en común. Poco después de despegar, Maribel le preguntaba a Kathy si le apetecía salir por ahí a divertirse en su última noche de soltera. Kathy la miró con sorpresa.

–Cualquier celebración sería una maravilla –admitió–. No salí durante el embarazo, y desde el parto he estado atada al hospital hasta la semana pasada.

–Entonces saldremos de juerga –Tilda y Maribel intercambiaron una sonrisa.

Cuando el avión aterrizó en la Toscana, Ella y su niñera fueron trasladadas a la casa de campo de los Pallis, mientras que Kathy y sus acompañantes optaban por ir de compras al esplendor medieval de Florencia. Kathy por fin hizo uso de las tarjetas de crédito que le había dado Sergio y se divirtió mucho visitando las exclusivas boutiques con sus amigas. Pronto quedó claro que la salida de esa noche ya estaba preparada y solo pendiente de su aprobación. Las cinco mujeres disfrutaron de la comodidad de una suite en un hotel de lujo para cambiarse de ropa antes de salir a cenar.

Kathy estrenó un vestido azul turquesa que le sentaba muy bien. Maribel le sacó una foto con su teléfono móvil.

Cinco minutos después, sonó el móvil de Kathy. Era Sergio.

–Estoy estupefacto porque Ella haya llegado sin ti. ¿Dónde estás?

–Disfrutando de la cena. Una salida de chicas –le contestó Kathy, risueña.

–Tengo la sensación de que te han secuestrado. No sé a qué juegan Maribel y Tilda, pero es inapropiado organizar algo así estando tan próxima la boda –comentó Sergio con voz cargada de censura.

Kathy se sonrojó de vergüenza y se disculpó ante sus compañeras para ir a una zona más privada y hablar sin miedo a que la oyeran.

–¡No creo haber pedido tu opinión! –exclamó.

–Mi opinión es gratis. Debes estar agotada; acabas de recuperarte del parto. Dime dónde estás. Iré a recogerte –contestó Sergio con firmeza, ignorando su furiosa exclamación.

—¡Olvídalo! ¿Te parecería la mejor manera de agradecerle a Maribel que haya organizado algo de diversión para mí?

—¿Por eso acaba de enviarme una foto tuya luciendo un vestido muy corto? ¿Con un mensaje diciendo que no te espere levantado porque vais a un club? —inquirió Sergio—. En mi opinión, esto es una venganza por el crucero que organicé para Leonidas…

—Bueno, incluso si lo es, puedes estar seguro de que haremos algo más divertido e inteligente que emborracharnos y tontear con bailarinas medio desnudas —le espetó Kathy con ira antes de colgar—. ¿Y sabes por qué? ¡Porque tenemos más clase e imaginación!

Mientras volvía hacia la mesa, el teléfono volvió a sonar. Lo desconectó y lo guardó en el bolso. Era un aguafiestas y un tirano. Ella no era una adolescente que necesitara un toque de queda.

—¿Era Sergio? —preguntó Bridget.

—¡Quiere que lo pasemos de maravilla! —mintió Kathy con una sonrisa.

Entraron al club nocturno por la puerta trasera, donde el equipo directivo les dio la bienvenida. Flanqueadas por un ejército de guardias de seguridad, las condujeron a una sala decorada como una *kasbah* marroquí, con luces exóticas, y zonas acogedoras e íntimas, decoradas con coloridas sedas y mullidos divanes.

Kathy regresaba de la pista de baile con Nola cuando una pequeña rubia con un llamativo traje blanco la interceptó.

—Soy Grazia Torenti —anunció—. La esposa de Abramo.

Kathy sonrió desconcertada, no había imaginado que Grazia fuera más pequeña que ella. Nola se excusó y fue a reunirse con el resto del grupo.

—Me moría de ganas de conocerte desde que oí hablar de ti. Ven a sentarte conmigo —Grazia agarró su brazo con gesto íntimo y a Kathy le resultó imposible marcharse sin parecer descortés. Aunque no le gustaba que no le hubiera dado otra opción, su curiosidad por la ex prometida de Sergio ganó la partida.

–¿Cómo has sabido quién era? –preguntó.

Unos lánguidos ojos azul turquesa se posaron en ella y Kathy sintió un extraño escalofrío de inquietud.

–Estás en la ciudad con un ejército de guardaespaldas y en compañía de Maribel Pallis y la princesa de Bakhar. ¿Quién podría ser sino la novia de Sergio? En lo referente a haberte encontrado, tengo mis contactos.

–Estoy segura de que es así, y me gustaría sentarme a charlar, pero no puedo separarme de mi grupo. Nos marcharemos pronto –apuntó Kathy.

–Sergio solo está utilizándote para castigarme, Kathy –los diminutos ojos turquesa de la rubia eran insolentes y afilados como cuchillos y su voz destilaba desdén–. No es un hombre que perdone fácilmente. Le fallé cuando me casé con el perdedor de su hermano y ahora tengo que pagar el precio de verle casarse contigo. Es así de sencillo: casi un acto bíblico de venganza. Cuando Sergio decida que ya he sufrido suficiente, chasqueará los dedos y dejará que vuelva a su vida de forma permanente.

Sonrojada y tensa, Kathy estudió a Grazia, cuyos perfectos rasgos estaban enmarcados por sedosos mechones de cabello rubio platino. Era aún más bella de lo que le había parecido en las fotos.

–Creo que eres tú quien tiene un problema. Puede que nunca olvidaras a Sergio…

Grazia soltó una risa sarcástica.

–Te estoy advirtiendo. Tú eres quien está fuera de lugar; una jovencita inglesa que no tiene ni idea de cómo actúa un hombre tan complejo como Sergio. Estás envuelta en algo que no tiene nada que ver contigo y no puedes ganar porque yo siempre seré la chica a la que idolatró a los dieciocho años.

–Por Dios santo, ¡estás casada con su hermano! –reprochó Kathy, perdiendo la paciencia y poniéndose en pie.

—Estoy en proceso de divorciarme de Abramo, como Sergio me dijo que hiciera —declaró Grazia con una sonrisa—. No te engañes. Puede que Sergio actúe como si me despreciara, pero sigue empeñado en tenerme. Va a casarte contigo para dar un apellido a su hija, igual que su padre hizo por Abramo hace una generación. ¿Pero qué valor tiene una alianza en esos términos? ¿Un buen acuerdo de divorcio? Sin duda, Sergio puede permitírselo.

Kathy se alejó sintiéndose vacía, insegura y enfadada consigo misma por haber escuchado. Pero la noticia de que Grazia y Abramo iban a divorciarle le causó impacto. Se dijo que, en cualquier caso, eso no implicaba que hubiera ningún vínculo entre Grazia y Sergio. Sentía un golpeteo en las sienes y alzó la mano para masajearlas. Maribel sugirió que tal vez fuera hora de regresar a casa. Bridget le preguntó a Kathy si estaba cansada y ella admitió que sí.

Lo cierto era que Grazia había contado una buena historia. Sergio tenía mucho orgullo, fuerza de voluntad y un carácter oscuro y dado al secreto; todo ello podría alimentar el concepto de venganza. Se reservaba su sentimientos. Y nadie sabía tan bien como Kathy que amor, odio y deseo sexual podían fundirse y mezclarse sin fronteras. Grazia debía tener muy buenos contactos, porque no solo había sabido dónde encontrarla esa noche, también era una de las pocas personas que conocía la existencia de Ella.

Leonidas y Maribel Pallis tenían una inmensa casa de campo en las afueras de Siena. Kathy bajó del coche con premura, deseando ver a Sergio, aunque eso supusiera una confrontación. Pero no había rastro de los hombres. Maribel llevó a Kathy a ver a Ella, que dormía profundamente en su cuna. Después la condujo a la maravillosa suite privada para uso exclusivo de la novia y la dejó sola. Sintiéndose agotada, y libre para demostrarlo, Kathy se relajó como una muñeca de trapo. Incluso la idea de desvestirse le suponía un reto.

La puerta se abrió y ella dio un bote. Un hombre alto y moreno apareció en el umbral, y a ella se le aceleró el corazón de placer y alivio.

—No diré que te lo había advertido –murmuró Sergio vagamente.

Ella lo contempló. Era la viva imagen de la elegancia natural, con una chaqueta bien cortada y pantalones vaqueros. Enterró la ansiedad que le había creado Grazia y decidió no hacer preguntas estúpidas que solo provocarían fricción.

—¿El qué?

—Maribel y Tilda no tienen ni idea de lo agotada que estás, *delizia mia*. Fue un parto difícil y semanas de preocupación constante por Ella, tardarás en recuperarte de todo eso.

Kathy sintió una punzada de culpabilidad, porque cuando la había telefoneado ella había asumido que le molestaba que saliera por la ciudad, cuando era obvio que en realidad estaba preocupado.

—Podía haber rechazado la invitación –admitió.

—¿Cuándo has elegido la opción sensata desde que yo te conozco?

Kathy se ruborizó, porque él tenía razón. Defendía tanto su libertad que sus elecciones solían ser declaraciones de independencia, en vez de cosas prácticas. Él se acercó, la alzó en brazos y la llevó a la cama. Ella luchó contra el deseo de acariciar la arrogante cabeza morena cuando él se inclinó para quitarle los zapatos. Quería que se quedara con ella; lo deseaba tanto que clavó las uñas en la colcha. Pero no dijo nada para no dar la sensación de ser una mujer necesitada.

—Necesitas descansar para la boda –Sergio se acercó para depositar un beso apasionado en sus labios, que sorprendió a Kathy e hizo que se estremeciera de placer–. Y para mí, *dolcezza mia*.

Ella se quedó tumbada en la cama reviviendo el cosquilleo erótico que había sentido. La avergonzaba no haberle hablado de la visita de Abramo ni de la venenosa predicción de Grazia. No le parecía bien tener secretos con el hombre con quien iba a casarse. Por otra parte, si no tenía cuidado él podría pensar que era una mujer celosa que lo amargaría. Era consciente de que no la amaba y solo iba a casarse con ella por el bien de Ella. Aunque se despreciaba por ello, temía que si mencionaba a Grazia, él cambiara de opinión. En algún momento, la idea de una vida sin Sergio se había convertido en una condena de muerte.

Kathy estaba disfrutando mucho del día de su boda.

La eficiente planificación de Maribel había conseguido que todo fuera como la seda, desde el momento en que Kathy se había despertado ante un delicioso desayuno hasta que llegó un desfile de esteticistas ansiosas por embellecerla. El vestido, blanco puro, de hombros caídos, se ajustaba a sus delicadas curvas y diminuta cintura antes de abrirse en una falda ancha y una cola bordada digna de una boda real.

A media mañana, Kathy estudió con reverencia las magníficas joyas que habían llegado con una nota de Sergio, pidiendo que luciera el conjunto de perlas y esmeraldas utilizado por generaciones de novias Torenti. Kathy movió la cabeza maravillada.

—Brillaré como un árbol de Navidad —dijo.

—¿A quién le molestaría eso? —bromeó Bridget.

—Quedará perfecto. Es un conjunto espectacular y tu vestido es lo bastante sencillo como darle realce —opinó Nola.

La iglesia era un antiguo edificio medieval, sombreado por árboles enormes, situado en la ladera de un tranquilo pueblecito de montaña. Cuando Bridget y Nola ayudaron a Kathy a bajar de la limusina, Sergio la esperaba para darle un ramo de flores. Estaban tan absortos mirándose el uno al otro, que el ramo estuvo a punto de caer al suelo.

—Me gusta el vestido —admiró Sergio.

Kathy miró sus ojos oscuros. Moreno y serio, estaba tan guapo que ella casi se mareó de deleite. Ni siquiera notó que Bridget extendía una mano para ayudarla a sujetar las flores. Mientras entraban en la fresca y oscura iglesia, que los recibió con un intenso olor a rosas en el aire y los mágicos acordes de un arpa, Kathy solo era consciente de Sergio.

Un intérprete tradujo cada palabra de la ceremonia. Sintió que una cierta paz se apoderaba de ella: su vida y su futuro le parecían más prometedores que nunca. Quería creer que los malos tiempos habían acabado. Tenía a su preciada hija e iba a casarse con el hombre al que amaba. En ese momento no quería permitirse ni una sola connotación negativa.

Kathy, caminando del brazo de Sergio hacia la puerta, estaba radiante.

—¿Cómo te sientes? —le preguntó, ya afuera.

—Contento de que haya acabado —murmuró Sergio con sinceridad—. No me gustan las bodas, *dolcezza mia*.

Ese comentario cayó sobre Kathy como un jarro de agua fría. Se sintió tonta e ingenua. Hizo que bajara de su cálida nube de algodón y volviera a poner los pies en la tierra.

—Entonces será un día muy largo para ti. Leonidas y Maribel se han esmerado al máximo.

Sergio rio suavemente mientras alzaba a Kathy para subirla al carruaje cubierto de flores que les esperaba.

—Maribel sabe lo que opino de las bodas. Tiene un fantástico sentido del humor y está aprovechando su oportunidad al máximo.

Esa actitud irreverente no animó nada a Kathy. De vuelta en la casa les sirvieron bebidas y empezaron a llegar muchos más invitados. Siguieron presentaciones interminables y, cuando empezó a resultar abrumador, Sergio la condujo a la mesa presidencial del magnífico salón de baile. Kathy solo se detuvo para desprender la larga cola de su vestido. Rio con agrado al comprobar que la decoración del salón se centraba en el tema del ajedrez; esa idea solo podía haber sido de Sergio, y le encantó que se hubiera tomado la molestia de hacer la elección.

Después de que los padrinos, Leonidas y el príncipe Rashad, dieran sus breves y divertidos discursos, Bridget dijo unas palabras y describió a Kathy como la hija de su corazón. La mujeres intercambiaron una mirada de cariño y, más tarde, Sergio le preguntó a su esposa cuándo había conocido a la mujer.

—No creo que quieras saberlo —Kathy se tensó.

—Eres mi esposa —la tranquilizó Sergio—. No hay nada que no puedas contarme.

Kathy contuvo el deseo de recordarle que se había negado a escucharla cuando le dijo que no era una ladrona. Era consciente de que muchas otras personas compartirían su escepticismo.

—La hija de Bridget murió en prisión hace diez años. Se quitó la vida —le dijo Kathy tras un titubeo—. Desde entonces, Bridget es voluntaria del programa de visitas a la cárcel. Nos conocimos cuando yo estaba en el hospital, el segundo año de mi condena. Es una mujer maravillosa y fue mi salvación.

Sergio cerró una mano masculina sobre sus delgados dedos, que ella abría y cerraba, delatando inconscientemente su tensión.

—Agradezco que estuviera allí, *bella mia*.

Después del banquete, Kathy fue a refrescarse. Era hora de reinventar su adaptable vestido de boda. Quitó la falda de vuelo revelando otra más corta y ajustada, y regresó con Maribel al salón de baile. Al verla, Sergio se quedó inmóvil de sorpresa y admiración, antes de acercarse a saludarla, con los ojos clavados en su bello rostro. La sacó a la pista.

–Estás espectacular con las joyas de la familia.

–Cualquier mujer lo estaría.

–Pero no tendrían tu cabello, tu rostro y tus impresionantes piernas, *bella mia* –afirmó él–. Estás deslumbrante.

Dos horas más tarde, Kathy, tras echar un vistazo a Ella, que dormía a pierna suelta, bajó las escaleras con Maribel. Tilda y Maribel habían acostado a sus hijos, pero sin protestas. Sharaf, Bethany y Elias habían hecho un cómico esfuerzo concertado para retrasar la hora de la cama unos minutos más. Con relucientes ojos verdes y risa en los labios, Kathy estaba de muy buen humor cuando regresó al salón. Eso cambió en el momento en que vio a una exquisita rubia sentada a una mesa, al borde de la pista.

Era Grazia. Al principio Kathy no pudo creer lo que veían sus ojos. No la ayudó nada que otras muchas personas estuvieran demostrando sorpresa por la aparición de la que había sido prometida del novio. Grazia respondía a las miradas con movimientos de cabeza y sonrisas, e incluso alzaba la mano a modo de saludo, como si fuera un miembro de la realeza que estuviera de visita. Era obvio que había llegado hacía poco.

–¿Qué ocurre? –preguntó Maribel Pallis, porque Kathy se había detenido y estaba en silencio.

–¿Estaba Grazia Torenti en la lista de invitados de Sergio?

–Lo comprobaré –Maribel hizo una seña a uno de los empleados–. ¿Quién es? ¿Pariente suya?

–Aún está casada con el hermano de Sergio, pero Sergio estuvo comprometido con ella –Kathy se estremeció y sus pómulos se tiñeron de color–. No puedo creer que haya tenido la desvergüenza de venir a nuestra boda…

–¿Estás segura de que no la estás confundiendo con otra? –preguntó Tilda.

–¡Desde luego que no! ¡Es de las que no se olvidan!

Ambas mujeres siguieron la dirección de la mirada de Kathy.

—Cielos, ¿no es la misma mujer que se acercó a ti anoche en el club?

—No te preocupes, Maribel. Me estoy comportando como una boba —Kathy movió las manos, quitando importancia al asunto.

Pero fue solo por cortesía, no quería que su anfitriona se sintiera en modo alguno responsable por la indeseada aparición de Grazia. No. Kathy sabía exactamente con quién hablar de ese asunto. No tardó en encontrar a Sergio con Leonidas y Rashad, charlando de negocios en un rincón tranquilo.

—¿Podemos hablar un momento? —preguntó Kathy, yendo hacia Sergio.

—Eso pinta muy mal —Leonidas Pallis le lanzó una mirada divertida.

—No lo creo —farfulló Sergio, con voz suave.

—Créeme —le urgió el magnate griego con una sonrisa burlona—. Llevo más tiempo casado que tú.

—Leonidas —intervino el príncipe Rashad, con tono irónico.

Sergio se encaminó hacia el salón con Kathy.

—¿Hay algún problema?

—¿Invitaste a tu ex prometida a nuestra boda? —preguntó Kathy con voz tersa.

—¿A quién te refieres? —Sergio se quedó inmóvil.

Kathy, sospechando que intentaba evitar una respuesta directa, irguió la cabeza.

—¡Grazia! ¿A quién si no?

—Ni siquiera sabía que conocieras su existencia —comentó Sergio con voz inexpresiva.

Kathy cruzó los brazos, a la defensiva, recordando cuánto se había esforzado Grazia porque supiera exactamente quién era.

—Oh, sí la conocía. Está creando un buen revuelo.

Su rostro frío, impasible y oscuro escudriñó el salón

del baile. Grazia estaba apoyada en una mesa, flirteando con un grupo de jovencitos, y su aura sensual ejercía una atracción magnética.

—Me temo que no entiendo cuál es el problema.

Kathy tomo aire. Estaba tan irritada que le costó un gran esfuerzo. En ese momento no habría podido explicar por qué se estaba enfadando tanto. Solo sabía que la presencia de Grazia era como un bofetón en la cara. Se sentía humillada, insegura y nerviosa. Empezaba a pensar que lo que había dicho Grazia no se basaba solo en la amargura.

—¿No? No debería estar aquí. ¿Por qué la invitaste?

—No lo hice —murmuró Sergio con calma—. Pero está con su primo y él sí está invitado. Quizá la trajo como su acompañante.

No era un buen momento para obligarla a aceptar que Grazia y sus parientes tenían entrada libre en su exclusiva sociedad. Inevitablemente, eso implicaba que mucha gente seguiría recordando los vínculos entre Sergio y la bellísima rubia.

—Quiero que salga de aquí —anunció Kathy. Le tembló la voz por el esfuerzo de no gritar.

—Ahora eres una Torenti. No tratamos así a nuestros invitados, sean bienvenidos o no —la miró fijamente con ojos sardónicos.

—No estoy de broma, Sergio —dijo ella, sonrojándose—. Líbrate de ella. No me importa cómo lo hagas, simplemente hazlo.

—No —replicó Sergio con voz resuelta—. Ahora intenta tranquilizarte.

Kathy se alejó de él. Temblaba de olor, ira y resentimiento. Aceptó una copa de vino para ocupar sus inquietas manos. Su mente y su imaginación ardían con sospechas y miedo de que había más entre Sergio y Grazia de lo que sabía. ¿Qué podía pensar? ¿Que todo lo que había dicho Grazia era cierto? ¿Que a Sergio no le importaba que asistiera a su boda porque eso formaba parte de su venganza? Al fin y al cabo, su hermano no era más culpable de traición que ella, pero Sergio se negaba a hablar con Abramo y más aún a verlo. Y, según Grazia, ella iba a divorciarse por petición de Sergio. ¿Sería ese divorcio el primer paso con el que recuperaría el afecto de Sergio?

Kathy empezó a unir datos y a temer lo peor. Tal vez eso explicara que Grazia hubiera sabido dónde iba a estar Kathy la noche anterior y que conociera la existencia de Ella. Cabía la posibilidad de que mantuviera un contacto regular con Sergio. Empezó a sudar. ¿Cómo se atrevía Grazia a presentarse en su boda y por qué la protegía Sergio? Sobre todo en ese día tan especial de su vida, en el que Kathy debería haber sido la protagonista exclusiva.

Grazia se acercó a Kathy, sonriendo.

—¿Han empezado ya los problemas en el paraíso? —se burló, dejando claro que había estado observando a los novios detenidamente.

Los segundos siguientes quedaron grabados en la memoria de Kathy para siempre. Alguien la empujó desde atrás y se tambaleó. Aunque intentó controlar la copa, el vino tino salió disparado y salpicó el vestido blanco de Grazia, dejando manchas como gotas de sangre.

—Oh, Dios mío, ¡lo siento mucho! —gimió Kathy, apresurándose a agarrar una servilleta de la mesa más cercana.

Grazia chilló como si hubiera sido atacada y se negó a que Kathy se acercara a ella. Mientras la rubia examinaba las manchas con furiosos ojos turquesa, siseó vitriólicos insultos en italiano. Kathy no sabía qué hacer o decir pero, por fortuna, Maribel apareció en su rescate. Sin inmutarse por el histerismo de Grazia, agarró a la mujer y la sacó de allí. Siguió un silencio transitorio en el salón de baile. Después se iniciaron los susurros y comentarios.

Una mano se cerró sobre la de Kathy y le dio la vuelta, quitándole la servilleta que aferraba. Alzó la vista hacia Sergio, desconcertada. Él, impasible, la llevó a la pista de baile en silencio.

–Ha sido un accidente –dijo Kathy.

Sergio no habló. No hizo falta. Sus ojos negros irradiaban incredulidad.

–Di algo –le urgió Kathy.

–No me gustan las discusiones como deporte –respondió Sergio con voz sedosa.

La espalda de Kathy se puso rígida. Furia y dolor se fundieron en ella hasta que empezó a estremecerse por la fuerza de sus sentimientos. Se apartó de él con una sonrisa diseñada para engañar a cualquier observador. Intentando controlar el torbellino emocional que sentía, se alejó.

Con los ojos ardientes de lágrimas, Kathy subió a su suite. Sergio entró pocos segundos después que ella.

–¿Qué demonios creías que estabas haciendo? –le escupió Sergio.

–No le tiré el vino a propósito. Estoy harta de ti –jadeó–. Eres incapaz de hablar con tu hermano, a pesar de que es un hombre muy agradable, ¡pero extiendes la alfombra roja para esa bruja vengativa el día de mi boda!

–¿Cuándo has visto a mi hermano para llegar a esa conclusión? –le espetó Sergio.

–Nunca estás presente cuando haces falta, y siempre asumes que soy culpable –se quejó Kathy, ignorando su pregunta–. Grazia me acorraló anoche en el club. Sabe demasiado, incluso sabe lo de Ella. ¡Se suponía que este era un día especial para mí y lo has arruinado!

–¿Anoche? –él frunció las cejas negras con sorpresa–. ¿Te encontraste con Grazia en Florencia?

–Lo estropeas todo… absolutamente todo –añadió Kathy, sumando mentalmente todos sus pecados, enjuiciándolo y declarándolo culpable sin posibilidad de perdón–. Terminaré de hacer la maleta y volveré a Londres…

–Kathy, acabamos de casarnos –señaló Sergio.

–¿Y? –le lanzó Kathy–. Ya veo que he cometido un error terrible, ¡y no me enorgullece admitirlo!

Sergio posó unos incrédulos ojos dorados en ella. Bajó las oscuras pestañas y la escrutó.

–No estás pensando con racionalidad…

–Elegiste un momento de debilidad para pedirme que me casara contigo. Estaba de parto, ¡por Dios! Si hubiera estado en mis cabales, nunca habría aceptado ser tu esposa. Voy a dejarte…

Sergio se interpuso rápidamente entre la puerta y ella.

–No lo harás, *delizia mia* –sacó el teléfono móvil e hizo una llamada.

–¿Qué estás haciendo? –exigió Kathy.

–Nos marcharemos juntos. Puede que haya arruinado tu día, pero no hay razón para que compartamos nuestra miseria con nuestros anfitriones e invitados.

Kathy miró su maleta, que ya estaba medio preparada para su partida. Se sentó a los pies de la cama.

–Me haces muy desgraciada…

Sergio se acercó lentamente.

–Aún es pronto. Es obvio que disto de ser perfecto. Pero en mi defensa, diré que no me contaste que habías visto a Abramo. Ni a Grazia.

–No quería estropear la boda –farfulló Kathy con voz temblorosa–. Si hubieras querido que supiera algo, me habrías hablado de ellos ¿no?

–Por favor, no llores –pidió Sergio con voz ronca, dando un paso más hacia ella–. Es obvio que te debo un poco de mi historia familiar…

Su madre había fallecido cuando él tenía ocho años. Cinco años después, su padre se había casado con su amante, Cecilia, que ya tenía un hijo de diez años: el hermanastro de Sergio, Abramo. Por desgracia, un matrimonio con un hombre varias décadas mayor que ella, y a quien le disgustaba su extravagancia, no cumplió con las expectativas de Cecilia y se buscó distintos amantes.

—Yo no me metía en sus asuntos… —el rostro de Sergio se ensombreció— pero cuando mi padre estaba recibiendo tratamiento para el cáncer, Cecilia inició una aventura con el abogado de la familia, Umberto Tessano. Era el mejor amigo de mi padre y estaba a cargo de nuestros negocios.

—¿Qué edad tenías entonces? —preguntó Kathy.

—Veintidós años, y estaba en mi último curso en la universidad de Oxford. Encontré a mi madrastra en la cama con Tessano en nuestro apartamento de Londres. Pensé que no tenía más opción que decírselo a mi padre, pero Cecilia y su amante se adelantaron con su historia— Sergio soltó una risotada amarga y su rostro clásico se tensó.

—¿Y cuál era? —preguntó Kathy cuando vio que el silencio se alargaba.

—Que yo llevaba bastante tiempo acosando sexualmente a mi madrastra…

—¡Oh, no! —exclamó Kathy horrorizada.

—…y que ese día en concreto, borracho, había atentado contra su virtud y Tessano, galantemente, la había rescatado.

—Tu padre no creería esa tontería, ¿verdad?

—Cuando su amigo de toda la vida confirmó la sórdida de historia, perdí toda esperanza de que me creyera —rezongó Sergio—. Yo tenía reputación de mujeriego y Cecilia era bellísima. No puedo culpar a mi padre, porque era un hombre enfermo y la amaba. En esa etapa estaba muriéndose. Yo no lo sabía, pero ellos dos sí. En la medida en que la ley lo permitió, y con el apoyo de Tessano, fui desheredado a favor de Cecilia y Abramo. Mi madrastra se casó con Tessano tres meses después del funeral de mi padre.

La historia sacó a Kathy de su abstracción; estaba devastada. Acababa de descubrir que lo que había separado a Abramo y a Sergio era mucho más desagradable

que lo que su inocencia la había llevado a creer. La avaricia y envidia de su madrastra y de su hermanastro se
habían unido para arruinar la vida de Sergio.

—Que tu padre se volviera en contra de ti estando tan
enfermo debió ser una pesadilla para ti.

—Me destrozó —un músculo se tensó en la comisura de
su sensual boca—. Murió dos meses después, aún creyendo sus mentiras. Hasta ese momento mi vida había sido
fácil y privilegiada. Desde que nací, fui el principito, el
heredero de la fortuna de los Azzarini y lo daba por hecho. De pronto, me lo arrebataron todo.

Kathy, con un movimiento rápido y espontáneo, se
levantó y agarró sus manos; había estado muy unida a
su padre y entendía cuánto debía haber atormentado a
Sergio el rechazo y desconfianza de un ser tan querido.
Sus ojos verdes acariciaron los perfiles angulosos de su
rostro.

—Deberías haberme hablado de tu familia hace tiempo. Pero nunca me cuentas nada —titubeó al comprender
que él había terminado de hablar sin hacer ninguna referencia a Grazia. Avergonzada, hizo un movimiento
brusco para apartar las manos.

—Eso podría cambiar, *dolcezza mia* —Sergio rodeó
sus estrechas muñecas con sus dedos morenos antes de
que pudiera apartarse.

Kathy alzó la cabeza para mirarlo. Se sentía desga-
rrada por la fuerza de la atracción sexual que ejercía sobre ella y su necesidad de protegerse de más dolor y de-
sengaño.

—Sabes que te consideras perfecto tal y como eres…

—Hasta que apareciste tú y conseguí superar tus peo-
res expectativas —apuntó Sergio.

—Tu aversión a las bodas… ¿cómo crees que eso
hizo que me sintiera hoy? —atacó Kathy, liberando sus
manos y dándole la espalda con una agitación que trai-
cionaba su nerviosismo.

—Me comporté como un bastardo egoísta. Pero, créeme, no fue intencionado. Grazia me plantó ante el altar. Dejó una marca indeleble en mí.

Atónita por esa inesperada admisión, Kathy lo miró otra vez.

–Solo mis mejores amigos lo saben. Mi padre acababa de fallecer y la boda iba a ser un evento íntimo y discreto, en Londres. Ella no apareció –sus ojos tenían una mirada oscura y reflexiva. De pronto, su bella boca se curvó con una sonrisa irónica–. No te sorprendas tanto. Grazia era un lujo que no podía permitirme.

Ella bajó las pestañas. Se clavó las uñas en las palmas de las manos al recordar el aire complaciente y risueño de Grazia, tan segura de su poder. Sergio la había querido una vez, la había amado lo bastante para desear casarse con ella y la había perdido. Que se casara con su hermano debía haber sido como restregar sal en la herida. Pero a Kathy la inquietaba que ambos hermanos parecieran aceptar sin comentarios que Grazia antepusiera el dinero a todo lo demás.

–¿Ella no creería esa estupidez sobre tu madrastra y tú, verdad?

–Claro que no –Sergio extendió los brazos y la atrajo hacia sí con la seguridad que era inherente a él–. ¿Sigues pensando en abandonarme?

Desconcertada por el súbito cambio de tema, Kathy echó hacia atrás la cabeza y él enredó los dedos en la deliciosa cascada de cabello. Sus ojos se encontraron y ella sintió un pinchazo de deseo. Se le contrajo el estómago y le temblaron las rodillas. El alto voltaje de su potencia masculina ganaba la partida todas las veces. Se preguntó si había existido alguna posibilidad real de abandonarlo. Tal vez solo fuera una fantasía que utilizaba para que su orgullo no saliera malparado, ya que en ese momento habrían tenido que arrancarla de sus brazos a la fuerza.

–¿Es demasiado tarde para llegar a un acuerdo? –ronroneó Sergio, acariciando la curva de su labio inferior con un dedo–. ¿Me concederías un periodo de prueba hasta que acabe la luna de miel?

–¿Cómo eres de flexible a la hora del cambio? –preguntó Kathy a media voz–. ¿Tendré que fijar objetivos? ¿Otorgarte puntos por tu actuación? ¿Darte premios cuando hagas algo especialmente inspirado?

–Todo eso, *dolcezza mia* –con ojos brillantes de admiración, Sergio apretó su cuerpo contra él–. Los premios funcionan muy bien conmigo.

Llamaron a la puerta y Sergio dejó escapar un gruñido de frustración.

–Dije que saldríamos de inmediato –admitió.

Capítulo 9

QUÉ te parece? –preguntó Sergio cuando Kathy no había dado más de veinte pasos desde el helicóptero que los había llevado al palacio Azzarini.

Incluso desde el aire, la magnífica arquitectura y el tamaño del edificio que coronaba la colina había desconcertado a Kathy. Sergio cerró una mano sobre la suya para guiarla a los escalones que subían a la terraza.

–Esta casa lleva siglos en manos de mi familia. Durante casi diez años perteneció a Cecilia y Abramo, pero la compré el año pasado. Ahora la estoy rehabilitando. Esta será la base de nuestras vidas, nuestro hogar con Ella.

–Objetivo uno, Sergio –Kathy carraspeó con suavidad–. Las decisiones importantes deben ser conjuntas.

–Por supuesto que no te obligaré a quedarte aquí si lo odias –esbozó una sonrisa diabólica–. Pero eres una chica de campo; lo sé…

–¿Y cuándo llegaste a esa conclusión?

–Puede que sepa más de lo que crees. Te encantará la casa y la gente de aquí, *bella mia*.

Kathy se planteó si mencionar que el segundo objetivo debería ser no hacer suposiciones sobre sus sentimientos. Pero decidió no hacerlo.

–Ya echo de menos a Ella –dijo.

–Estoy seguro de que estará perfectamente sin nosotros durante una semana –interpuso Sergio–. Maribel es fantástica con los niños.

Kathy sabía que eso era verdad. Pero aunque sabía que necesitaban pasar tiempo a solas como pareja, le resultaba difícil no preocuparse por su bebé, era una hábito adquirido. Se recordó que además de Maribel había una niñera y un médico que la visitaría a diario para comprobar que todo iba bien. Apoyó las manos en la balaustrada de piedra, aún templada por el sol del día. El silencio era una maravilla tras el ajetreo de la gran boda. Era una tarde cálida y una suave neblina descendía sobre el valle que presidía el palacio. Nada de lo que veía le recordaba que estaban en el siglo XXI: las colinas estaban cubiertas de bosques espesos, se veían viñedos y olivares en la lejanía. La vista era impresionante.

Cruzó el pórtico en arco y miró con asombro el enorme vestíbulo circular decorado con frescos desvaídos y columnas. Igual que la vista, era increíble, y la idea de vivir entre tanta grandeza la hizo reír. Oyó música y reconoció una canción popular. Moviendo las caderas al ritmo de la melodía y agitando su brillante cabello cobrizo, ejecutó un par de pasos de baile.

Sergio, inmóvil la contempló. Kathy, al darse cuenta, dejó de bailar. Aunque se sonrojó de vergüenza le ofreció una sonrisa.

—Eres tan vital que burbujeas, *bellezza mia* —murmuró—. Además estás preciosa.

—¿Quién está escuchando la radio? —susurró ella.

—Aparte de los guardas de la entrada de la finca, deberíamos estar solos aquí —Sergio abrió una puerta que daba a una enorme habitación vacía con andamios en una pared. Una radio, que debía pertenecer a un obrero, sonaba en un rincón. La apagó y volvió a su lado.

—Gracias. Tu primer objetivo siempre —le dijo Kathy con descaro— debe ser hacerme feliz.

—¿Y cuál será mi recompensa? —preguntó Sergio, divertido.

—Hazme feliz y tu vida será más fácil, a estas alturas ya deberías saber que no sufro en silencio.

Sergio se quitó la chaqueta y la dejó caer.

–Huy –exclamó Kathy–. Esa es la típica percepción masculina de lo que hace feliz a una mujer.

Sergio se aflojó la corbata y la hizo retroceder hacia la escalera.

–Aunque podrías tener razón –concedió Kathy en voz baja, observando cómo se desabrochaba la camisa–. Claro que antes podríamos jugar al ajedrez…

Eso sorprendió a Sergio, que arrugó la frente.

–Solo quería comprobar si te apetecía –Kathy sonrió como una gata satisfecha–. No me habría impresionado favorablemente que aceptaras.

–No podría concentrarme –le confió él.

Ella miró su musculoso y bronceado pecho, pensando que ella tampoco habría podido concentrarse. Ya empezaba a sentir un delicioso escalofrío de excitación que la avergonzaba un poco, porque no estaba acostumbrada a sentirse así.

Sergio estaba mucho más cómodo con la situación. Con calma increíble, entrelazó los dedos con los suyos y la condujo escalera arriba.

–No tengo experiencia con mujeres tímidas…

–¡No he sido tímida en mi vida! –objetó Kathy, quitándose los zapatos allí mismo, como si eso demostrara algo.

–Excepto conmigo –en absoluto impresionado, Sergio inclinó la cabeza y, con su experta boca, recorrió el sensual camino desde el lóbulo de su oreja hasta la vena que pulsaba con fuerza entre sus clavículas–. Y no importa. Lo encuentro increíblemente sexy, *delizia mia*.

El dormitorio principal se encontraba tras una puerta doble y era tan grandioso como todo en el palacio. Kathy echó un vistazo a la cama con dosel y saltó sobre ella con un gritito de alegría.

–Oh, es fantástica… ¡Siempre he querido una cama como esta!

–Aunque estuve a punto de no darme cuenta a tiempo, yo siempre he querido una chica como tú en ella –reconoció Sergio con voz ronca.

Ella sonrió jubilosa y luego bajó las pestañas para ocultar su expresión; sabía que no podía aspirar a ser la chica de sus sueños. Era demasiado distinta a Grazia en aspecto, estilo y experiencia. Tal y como había apuntado cruelmente Grazia, ella siempre sería la chica que él había idolatrado cuando era adolescente. Kathy sabía que no podía aspirar a esa familiaridad y esa historia de atracción juvenil.

Sergio se sentó a su lado, abrió el cierre del collar de esmeraldas y perlas y lo dejó a un lado, antes de concentrarse en los diminutos corchetes del corpiño del vestido. Ella tensó la espalda al pensar que iba a ver la cicatriz.

–¡Puedo hacerlo yo! –dijo, apartándose de su alcance con un ágil movimiento.

–¿Cómo ocurrió? –preguntó Sergio, atrayéndola hacia así.

–En prisión –dijo ella, sorprendida porque le hubiera leído el pensamiento–. Una chica pensó que la había delatado y me atacó en las duchas.

–Nadie volverá a hacerte daño –aseguró él, rodeándola con los brazos.

–No puedes hacer esa clase de promesas –sintió el escozor de las lágrimas en los ojos pero no estaba dispuesta a rendirse a sus emociones. Una cosa era estar loca por él, otra muy distinta darle pistas de que era así.

–Te aterroriza confiar en mí… –dijo Sergio girándola para mirar su rostro.

–¡A mí no me aterroriza nada! –los ojos verde manzana destellaron.

Él se inclinó y le entreabrió los labios con la exigencia apasionada de su sensual boca. El recuerdo de su sabor, tras tanto tiempo, la asaltó y provocó una reacción en cadena. El calor se concentró en su pelvis mientras que el resto de su cuerpo se desmadejaba. Tras besarla, él se levantó para quitarse la camisa. Ella contempló cómo se desvestía. Captó el brillo de la alianza que llevaba en el dedo y saber que era su marido la alegró y dio fuerzas. Bajó de la cama, fue hacia él y le dio la espalda.

—Necesito tu ayuda para quitarme esto… –dijo.

Él le bajó la cremallera de la falda y la dejó caer al suelo. Después le apartó el cabello y besó su nuca.

—Estás temblando…

—Ha pasado mucho tiempo –admitió ella.

–¿Cuánto? –la pregunta fue brusca y la siguió un breve silencio–. Me he preguntado si…

—No lo digas. No es asunto tuyo –interpuso Kathy con rabia–. ¿Acaso te he preguntado yo qué hiciste en tu estúpida fiesta en el yate?

—Ofrecí contártelo y no quisiste escuchar. ¿Dejarías de hablar de la maldita fiesta si hundiera el barco? –inquirió Sergio.

—No –Kathy soltó una risita–. Te diría que habías hecho algo extravagante y estúpido, y no olvidaría la fiesta.

Él le quitó el corpiño del vestido y ella gimió, consciente de que estaba viendo la fea cicatriz.

—Tienes piel de satén, suave, sedosa y blanca como la nieve –murmuró él con voz íntima–. Tu pelo es como una llama a su lado y no entiendo que te ponga tan nerviosa una pequeña imperfección… –pasó la mano por la cicatriz y ella encogió los omóplatos.

—Es fea –dijo–. Y tengo la piel tan clara que destaca mucho.

—La única fealdad reside en la persona que te hizo esto –afirmó Sergio–. Si te molesta tanto que sientes la necesidad de esconderla, un buen cirujano plástico podría eliminarla. Pero desde mi punto de vista, no es nada, *bella mia*.

—Se te da bien decir las cosas adecuadas cuando hace falta –bromeó Kathy, relajándose. Arqueó la espalda para apoyarse en él–. Así que, esforzándote un poco, también se te dará bien el matrimonio.

–¿Eso es una orden o una petición?

–¿Una sugerencia? –apuntó Kathy.

Sergio soltó una carcajada y rodeó su cintura con las manos, posesivamente.

–Ha sonado demasiado enérgico para ser una sugerencia.

Deslizó las manos hacia arriba, cerrándolas alrededor de sus pequeños senos. Ella gimió levemente, asombrada por el impacto de esa primera caricia. El deseo que había controlado mientras su hija requería toda su atención, empezaba a desbordarse. Varias veces había visto a Sergio acercarse y había bloqueado la respuesta sexual que provocaba en ella. Pero esa barrera artificial se había derrumbado cuando se recordó que, a pesar de los problemas anteriores, por fin estaban casados y juntos. Esa verdad le provocó un intenso júbilo.

Con repentina impaciencia, Kathy se dio la vuelta entre sus brazos y se puso de puntillas para buscar su boca. Él la apretó contra sí y la besó con pasión. Después la tumbó en la cama y le quitó las bragas de seda.

Kathy jadeó y lo miró con ansiedad. Aunque nunca se había sentido más desnuda o expuesta, no intentó taparse porque aceptaba que él deseaba mirarla. Contuvo el aliento temiendo que su rostro se ensombreciera al considerarla demasiado delgada y carente de curvas, en comparación con la seductora Grazia, y marcada por las cicatrices del pasado y del parto.

–Tienes una figura perfecta –concentrado en ella, Sergio deslizó la mano por sus costillas hasta los muslos y el borde de encaje de las medias de seda que aún cubrían sus piernas–. Elegante, grácil…

Kathy se estiró para que pudiera admirarla desde todos los ángulos y la boca de él se curvó divertida mientras observaba sus movimientos con admiración masculina. Se libró de los calzoncillos sin ninguna ceremonia y le tocó a ella el turno de admirarlo. Las líneas duras y musculosas de todo se cuerpo hacían honor a su reputación como atleta. Al contemplar su obvio estado de excitación, se sonrojó.

—Aquí es donde realizaremos el primer pacto, *delizia mia* —murmuró Sergio, atrayéndola hacia su cuerpo.

—¿Pacto? —ella abrió los ojos de par en par.

—Mientras yo me concentro en lo que te complace fuera del dormitorio, tú puedes concentrarte en lo que a mí me complace dentro de él.

—¿De verdad eres tan básico? —Kathy lo estudió con asombro.

Sergio asintió sin dudarlo un segundo.

—Quiero pasar la semana entera en la cama —gruñó—. Te deseo tanto que estuve a punto de atacarte en la iglesia.

Kathy estaba roja como un tomate. Pero le gustaba la idea de que un hombre la deseara; si era el foco de sus intenciones eróticas, difícilmente podía estar pensando en otra mujer al mismo tiempo.

—Bajo la mesa en el banquete, en otra habitación, contra la pared, en el suelo… —enumeró Sergio—. En mis fantasías eres insaciable, *delizia mia*.

—¿Lo soy? —susurró Kathy un momento antes de que el asalto de su boca hambrienta la silenciara.

Sintió que se encendía con cada caricia de su lengua. Tenía el cuerpo hipersensible y listo para él. Por primera vez sintió el anhelo de tocarlo y explorar su cuerpo. Por primera vez sentía la confianza necesaria para ser su amante. Recorrió su sólido pecho con los dedos, descendió por su estómago y entonces, cuando titubeó, él tomó su mano para guiarla y ella descubrió que era asombrosamente fácil hacerle gemir.

—Ya basta —gruñó él—. Es nuestra noche de bodas. Quiero darte placer.

—Eres muy tradicional —con los ojos brillantes como estrellas, sintiéndose más poderosa gracias a la destreza que acababa de adquirir, Kathy se dejó caer sobre la almohada. Lo observó conteniendo la respiración. Sentía un nudo de anhelo en su interior. Bastaba que él mencionara el placer para excitarla.

–No, lo que ocurre es que llevo demasiado tiempo esperando a poner las manos sobre tu precioso cuerpo –rectificó Sergio.

A ella se le secó la boca al ver cómo la asaltaban sus ojos ardientes y deseosos. La tumbó bajo él y pasó una mano por sus senos. Ella se estremeció. Él sonrió con conocimiento.

–Me deseas, *amata mia* –dijo, inclinando la cabeza para atrapar con su boca los tensos pezones que delataban su excitación.

Kathy gimió y se agitó sobre el colchón. Él, con pasión controlada e infinita destreza, trazó un sensual camino por su cuerpo, evitando tocarla en el sitio donde ella más deseaba el contacto. En compensación, otras zonas parecieron sensibilizarse cada vez más y el corazón de ella se desbocó. Sentía un río ardiente recorriendo sus venas, abrasándola.

–Sergio… –gimió con impaciencia.

–No están permitidas órdenes, instrucciones o pistas, *cara mia* –le advirtió Sergio con voz grave–. Es una de esas ocasiones en las que sé muy bien lo que estoy haciendo.

Y ella descubrió cosas que desconocía de sí misma. Comprobó que le gustaban cosas que ni siquiera había soñado que pudieran gustarle. Y también descubrió que su capacidad de respuesta era muy poderosa. Cuando creyó que no podría soportarlo más, descubrió que no tenía voz para decírselo. Él podía con su control, le quitaba la capacidad de pensar. Temblaba de deseo cuando él eligió el momento óptimo para llevar su placer a la cumbre. Se situó sobre ella y penetró con fuerza su cálido interior.

Ella se perdió en una tempestuosa riada de sensaciones. Él murmuró su nombre y ella gimió aferrándose a él. Su excitación ascendió a alturas imposibles. Era puro calor líquido y anhelo. Atrapada por un delirante torbellino de placer, arqueó la espalda y gritó.

—Creo que va a gustarme estar casada —susurró después, abrazándolo con fuerza y afecto.

Un océano de amor y perdón parecía rodear el corazón de Kathy. Inhaló el aroma almizclado de su piel y suspiró de alegría. Él le apartó el cabello de la frente, la besó y estudió su rostro con ojos intensos. Ella se sentía débil solo con mirarlo.

—Tenías razón —dijo, pensando que, por una vez, podía permitirse un cumplido—. No necesitas instrucciones.

Siguió un silencio y ella se preguntó en qué estaría pensando. ¿En Grazia? El nombre surgió en su mente de la nada y cayó como una roca gigantesca sobre sus sentimientos. Era extraño que ni siquiera le hubiera preguntado qué le había dicho Grazia la noche anterior. Inquieta, razonó que sin duda habría pensado en ella, tras haberla visto esa tarde. Al fin y al cabo, era humano; pero ella no quería que pensara en su ex prometida y futura ex cuñada.

—¿Estabas locamente enamorado de Grazia? —preguntó Kathy de repente. Casi se encogió de horror al oír la pregunta que había saltado de su cerebro a su lengua involuntariamente.

—¿Tú qué crees? —Sergio la soltó y se sentó.

—¿Hablaste con ella hoy? —preguntó Kathy, igualmente brusca.

—No, dudo que estuviera en el edificio más de diez minutos —gruñó Sergio, tensando la mandíbula.

—Comentó que va a divorciarse de tu hermano —murmuró ella, con el rostro ardiendo por lo que podía haber sido una alusión al incidente del vino.

Sergio la miró con los ojos entrecerrados. Con el rostro sombrío saltó de la cama.

—Necesito una ducha —dijo.

–¿Y tú eres el hombre que va a cambiar y compartir cosas conmigo? –le lanzó Kathy, herida e incapaz de callarse, aunque habría deseado hacerlo.

–Por todos los diablos… ¡no esas cosas! –contestó Sergio sin titubear.

La puerta del cuarto de baño se cerró de golpe. «Primera lección: no mencionar a Grazia», reflexionó Kathy con tristeza. Aunque habían pasado ocho años, ese asunto seguía inconcluso. Pero interrogarlo como una colegiala celosa no había sido ninguna sutileza. Deseó no haber hablado, no haber estropeado ese precioso momento de intimidad con sus preguntas. No podía dejar de ver su expresión adusta y fría.

Diez minutos después, Sergio regresó, con el pelo mojado y una toalla enrollada a la cintura.

–Ven aquí, *amata mia* –dijo.

–No, estoy enfadada –confesó Kathy con una mirada ofendida, mientras admiraba su increíble físico.

–¿No te gustaría refrescarte en la piscina?

–No sé nadar –admitió ella. Sergio no pudo ocultar su expresión de sorpresa.

–Da igual. Estarás a salvo conmigo.

Kathy se preguntó si habría escalones a en uno de los extremos, para poder sentarse en el agua. Tenía calor y la idea de refrescarse era muy tentadora. Se debatió entre el deseo de hacerle sufrir y salvaguardar su orgullo y aceptar.

–Hay una botella de champán en hielo preparada abajo.

–No entendiendo de vinos caros –rezongó ella–. Nunca conseguirás educar mi paladar.

–También tengo tu chocolate suizo favorito.

Sergio se había reservado la oferta más seductora para el final. Se le hizo la boca agua. Tal y como él había descubierto una noche en el hospital, cuando ella había estado demasiado asustada para separarse de Ella e ir a comer, adoraba el chocolate. Alzó la cabeza.

—De acuerdo… pero con una condición. No te permito que me toques.

—Ya veremos quién se rinde antes —murmuró Sergio con calma.

Seis semanas después, Sergio condujo a Kathy a una habitación del palacio. Siguiendo sus instrucciones, ella tenía los ojos cerrados. Hizo que girara sobre sí misma para incrementar la tensión.

—¿Puedo mirar ya? —preguntó Kathy.

—Adelante.

Kathy parpadeó: había estado afuera, al sol, y sus ojos tardaron un momento en adaptarse a la penumbra. Lo que vio encima de la mesa que tenía delante era una casa de muñecas que parecía idéntica a la que había poseído en su infancia y que no había esperado volver a ver nunca. Desconcertada, la miró fijamente, sin poder creer que fuera la suya.

—Di algo —le urgió Sergio.

—No puede ser mía… —pero pronto descubrió que se equivocaba. Cuando acercó una mano temblorosa y abrió la parte delantera de la casa, encontró todos los muebles alineados en filas para su inspección. Alzó una muñeca de plástico con una sola pierna que lucía un vestido de punto demasiado grande, que había sido tejido por su madre adoptiva.

—Es tuya —confirmó Sergio.

Ella miró el resto de las cosas que había sobre la mesa. Dejó la muñeca para estudiar la colección de gatos de porcelana, algunos con el rabo roto y que ella misma había pegado con pegamento. Había una bolsa de recuerdos de su adolescencia y un pequeño joyero. Al lado había una colección de álbumes de fotos y ella los ojeó, frenética por encontrar el más importante. Allí estaba: las fotos de sus padres adoptivos. Las lágrimas empezaron a surcar su rostro sin que fuera consciente de ello.

—¿De dónde has sacado todas estas cosas? —preguntó, sollozante.

—Tu ex novio aún las tenía.

—¿Gareth? —exclamó ella.

—Aunque su madre le dijo que tirara a la basura tus cosas, consiguió esconder estas en el ático. Eh... —Sergio acarició su rostro húmedo con los nudillos—. ¡Quería hacerte sonreír, no llorar!

—Es por la emoción —sollozó ella, echándose a llorar—. No sabes cuánto significan estas cosas para mí.

Sergio la atrajo a sus brazos y le acarició el cabello hasta que se calmó de nuevo.

—Sí lo sé. Cuando mi padre cambió su testamento y me despojó de la mayor parte de mi herencia, perdí cuanto había bajo este techo excepto mi ropa. Cecilia y Humberto vendieron los cuadros, esculturas y muebles coleccionados por mis antepasados, y también algunos objetos personales que no pude probar que me pertenecían.

—No puedes comparar mi colección de gatos con una famosa colección de arte...

—Cuando escuché tu historia, me di cuenta de lo afortunado que era por encontrarme en la situación de buscar y comprar mucho de lo que perdí.

—Si Gareth tenía mis cosas, ¿por qué no me contestó cuando le escribí al salir de la cárcel?

—Su madre seguramente vio la carta antes —contestó él, tras un titubeo.

Kathy palideció y desvió la mirada, consciente de que él se sentía incómodo con cualquier cosa que le recordara su estancia en la cárcel.

—¿Has visto a Gareth en persona? ¿Cuándo?

—La semana pasada, cuando fui a Londres en viaje de negocios —la boca de Sergio se curvó con una sonrisa malévola—. La madre de Gareth estuvo dando portazos, rezongando y criticándolo durante toda mi visita. Lo tiene amargado, pero al menos tuvo el coraje de admitir que aún tenía tus cosas y entregármelas.

A Kathy la emocionó que se hubiera tomado tantas molestias por ella.

—No sabes lo importante que es esto para mí. Es como recuperar mis raíces. Cuando tu familia ha desaparecido, los recuerdos sentimentales adquieren mucho valor —tomó aire y sus ojos verdes se llenaron de determinación—. De verdad creo que al menos deberías hablar con tu hermano y escuchar lo que tiene que decir…

—No soy nada sentimental —dijo él con impaciencia. No era la primera ve que ella sacaba el controvertido tema.

—Ni siquiera me has preguntado qué dijo Abramo cuando vino a verme a Londres…

—No me interesa.

—Se siente fatal respecto al pasado y quiere hacer las paces contigo…

—Casi llevó la finca a la bancarrota y ha tenido mala suerte. Claro que quiere mi perdón, en términos de apoyo económico.

Su cinismo provocó una mirada de reproche de Kathy.

—Parecía sincero y desdichado, y no tenía buen aspecto —suspiró—. De acuerdo, no diré más, sobre todo cuando acabas de darme esta sorpresa.

—No tiene importancia —Sergio curvó las manos alrededor de sus caderas y la acercó hacia sí—. Además, me gusta que pienses en el resto de la gente. Tienes un corazón muy tierno, *bella mia*.

Ella sintió que la atenazaba la emoción. A veces lo amaba tanto que casi le dolía. A pesar de que había crecido rodeado de privilegios, había pasado por tiempos difíciles, igual que ella. Daba un gran valor a la lealtad dado que, mientras que muchos de sus amigos lo habían abandonado cuando su padre lo desheredó, Rasha y Leonidas le demostraron su apoyo ayudándole en sus primeros negocios.

Entendía las experiencias que lo habían llevado a

hacerse duro como la piedra, cínico y de propósitos inamovibles. Adquirir una riqueza mucho mayor que la de su padre había incrementado aún más su actitud arrogante y despiadada en la vida. Sin embargo, cuando se desvivía por complacerla, Kathy reconocía y apreciaba cuánto había cambiado con respecto a ella. Le costaba creer que hubieran pasado seis semanas desde su boda, el tiempo había volado. Pero Sergio no se quedaba quieto mucho tiempo y era hora de que regresara su despacho de Londres. Al día siguiente volverían a Inglaterra.

Kathy no tenía ganas de abandonar Italia, porque había sido muy feliz allí. La luna de miel había empezado con lecciones de natación a cargo de Sergio, que le había prohibido que se acercase a la piscina si él no estaba en el agua. También la había llevado de escalada a las Dolomitas y a navegar en catamarán. Al principio se mareaba, pero él la había obligado a superarlo y al final se había divertido mucho. Sospechaba que su marido estaba empeñado en llevarla a bordo de su yate, el Diva Queen, por el que Kathy sentía un enorme desagrado sin siquiera haberlo visto. Sin embargo, estaba dispuesta a aceptar que a ambos les atraían las actividades físicas. Él también estaba seguro de que le gustaría el esquí y ya había reservado unos días de vacaciones ese invierno con ese propósito.

Sergio también la estaba animando a interesarse por el fondo benéfico que había instituido y había hecho planes para que lo acompañara en un viaje a África para dar publicidad al trabajo que realizaba allí. En todos los sentidos importantes, Sergio le estaba haciendo un hueco en su ajetreada vida, y compartiendo sus intereses con ella hasta un punto que no había creído posible. Pero él aún no había conseguido ganarle una partida de ajedrez.

Su hija Ella era el centro del mundo de ambos, el punto de encuentro que los unía. Kathy empezaba a comprender que las primeras precarias semanas de vida de su hija la habían unido a Sergio más de lo que había captado en ese momento. Habían compartido mucho y eso había dado profundidad a su relación. Aunque habían disfrutado de unos días fabulosos a solas, como amantes, Sergio había echado de menos a Ella tanto como Kathy, y fueron a recogerla antes de lo previsto.

Esa tarde, Kathy acunó a Ella y la puso en la cuna para que echase la siesta. Con su pelo negro, ojos verdes y naricita de botón, era una niña preciosa y a veces Kathy tenía que obligarse a soltarla. Aún no había olvidado las semanas en las que no había podido tener a su hija en brazos.

Kathy acababa de salir de la ducha, una hora después, cuando Bridget telefoneó para decirle que Renzo le había propuesto matrimonio.

—Oh, Dios mío, ¡me alegro mucho por ti! —exclamó Kathy—. Has dicho que sí, ¿verdad?

—Por supuesto. Es un buen hombre —dijo Bridget con cariño—. No quería que te lo dijera, pero he pensado que deberías saberlo. Lleva meses revisando todos los datos de tu juicio y sentencia, siguiendo cada pista.

—Pero, ¿por qué? —preguntó Kathy, atónita.

—Cree que eres inocente y desea ayudar. Además, hay buenas noticias. Recientemente, un marchante de antigüedades compró un par de piezas de plata de la colección de la señora Taplow; las anunció en Internet y Renzo las vio. Si consigue descubrir quién se las vendió, tal vez pueda identificar al verdadero culpable.

—Es muy amable por su parte tomarse tantas molestias, dile que se lo agradezco —Kathy arrugó la frente—. Pero creo que ha pasado demasiado tiempo. La gente no recordará nada…

—No seas tan pesimista —la regañó Bridget—. El marchante llamó a la policía y ya están investigando el asunto. El hombre compró las piezas de buena fe y se arriesga a perder mucho dinero. ¿No te mueres de ganas de saber quién fue el ladrón? ¡Seguro que sí!

Kathy hizo una mueca, hacía tiempo que imaginaba

la identidad del ladrón. Solo una persona había tenido la oportunidad de colocar las pistas falsas que llevaron a la detención de Kathy por un delito que no había cometido. Pero Kathy sabía que no podía probarlo. En vez de consumirse de amargura, había decidido seguir adelante con su vida. Cuatro años después, no quería hacerse falsas esperanzas, y aceptaba que sus antecedentes penales la acompañarían el resto de su vida.

—Esperemos lo mejor —respondió Kathy con tacto—. ¿Cuándo crees que os casaréis?

—No queremos esperar mucho.

—Creo que ya es más que hora de hacer a Sergio partícipe del secreto...

—Renzo pensó que no sería profesional admitir que éramos pareja antes de vuestra boda —le dijo Bridget con ironía—. ¡Hombres!

—¿Qué secreto?

Kathy giró en redondo y vio a Sergio apoyado en el umbral. Estaba serio.

—Kathy, te he hecho una pregunta.

Kathy enrojeció con enfado al percibir el tono autoritario de su voz. Preguntándose qué demonios le ocurría, se excusó con Bridget y prometió llamarla después. Colgó el teléfono y fue hacia Sergio.

—Bridget y Renzo llevan meses saliendo juntos y él acaba de proponerle matrimonio. Ese era el secreto, pero no era mío para compartirlo.

Sergio la miró fijamente, sin mover un músculo del rostro y con los ojos velados.

—No tenía ni idea de que salían juntos, pero la vida privada de Renzo no me concierne.

—¿Por qué estás enfadado conmigo? —preguntó Kathy tensa, percibiendo que algo iba mal.

—No estoy enfadado. Pero me temo que ha habido un cambio de planes. Nos iremos ahora, no mañana.

—¿Ahora? —ella frunció el ceño—. ¡Acabo de salir de la ducha!

–Te agradecería que estuvieras lista para partir dentro de diez minutos –farfulló Sergio.

–¡Ni siquiera he hecho las maletas!

–El servio se ocupara de eso. Vístete.

Era obvio que había ocurrido algo. Nerviosa, se puso un vestido verde que él había halagado unos días antes y se recogió el cabello húmedo con un pasador. Sergio estaba en la terraza, hablando por teléfono. Cada vez que miraba a su marido, se quedaba sin aliento. Con el pelo negro reluciente bajo el sol, mostrando su perfil clásico, era la viva imagen de la sofisticación italiana. Llevaba una chaqueta de lino color caramelo, arremangada, y pantalones vaqueros claros y ajustados.

–Por favor, dime qué ocurre –pidió Kathy cuando colgó el teléfono.

–Nada inesperado, *amata mia* –posó sus asombrosos ojos negros y dorados en su rostro preocupado. Se acercó y agachó la cabeza para besarla.

La erótica caricia de su lengua hizo que todos sus nervios se tensaran. Sintiéndose vulnerable, tembló bajo su boca, devolviéndole el beso. Se apoyó en su cuerpo alto y musculoso. Liberándola de nuevo, él le dio la mano y la condujo hacia el helipuerto.

–No has dicho adónde vamos –comentó Kathy.

Sergio la ayudó a subir al helicóptero. La niña, Ella, ya estaba acomodada en un asiento de seguridad, demostrando su capacidad de dormir a pierna suelta ocurriera lo que ocurriera.

–No, es verdad.

El misterio se aclaró en menos de una hora. El piloto voló sobre el Mediterráneo y justo cuando la luz teñía el cielo de rosa, aterrizó en un enorme yate.

Quince minutos después, Ella fue trasladada a otra cuna en un camarote, seguida por sus niñeras. Kathy se reunió con Sergio en una lujosa zona de recepción.

–¿Qué está ocurriendo? –presionó, harta de que no le explicara nada...

–Leonidas tiene muchos contactos en los medios informativos. Me advirtió que mañana la prensa rosa publicará un artículo sobre tus antecedentes penales –explicó Sergio, tensando la mandíbula–. Decidí que sería mejor que Ella y tú estuvierais lejos del alcance de las cámaras. Mientras el Diva Queen esté en alta mar, estaréis a salvo de ellas.

Kathy manifestó el impacto de la noticia con una serie de reacciones físicas. Palideció y sintió náuseas. Mareada, se sentó silenciosamente. Un segundo después sufrió otra reacción que le dolió mucho más: descubrió que no tenía valor para enfrentarse a los ojos de su marido, por lo que pudiera ver en ellos. ¿Repulsa, enfado, desprecio? No podía culparlo por odiar que saliera a la luz su vergonzoso pasado. Ningún hombre decente desearía que el mundo supiera que su esposa había sido procesada por robar a una anciana enferma.

Sin embargo, Kathy tuvo que admitir que no podía hacer absolutamente nada para cambiar la situación.

Capítulo 10

SIENTO mucho todo esto –admitió Kathy, pesarosa.
–Los dos sabíamos que esto podía ocurrir –respondió Sergio con voz templada–. Pero me sorprende que haya ocurrido tan pronto.

Kathy aún no se atrevía a mirarlo. El café estaba servido. Sintió un golpeteo en el pecho y una inquietante sensación de vacío en el estómago. A pesar de haber cumplido su tiempo en la cárcel, la condena seguía siendo como una roca encadenada a su tobillo. Y parecía que siempre lo sería.

Pero lo que realmente la destrozaba era el cambio en Sergio. No era un hombre que se hubiera planteado tener una esposa que lo avergonzara socialmente. Kathy no podía olvidar que una vez había intentado persuadirla para que cambiara de nombre y se trasladara a Francia para huir de su pasado. Su predicción de humillación pública estaba a punto de cumplirse y era casi un milagro que él no hubiera dicho aún «Ya te lo advertí». Su fachada de formalidad solo podía estar ocultando la frustración que debía sentir.

–Por fortuna, me había preparado para esta eventualidad –le informó Sergio.

–¿Voy a desaparecer en el mar? –murmuró Kathy, porque en su opinión solo un escándalo mayor quitaría importancia al que estaba a punto de ocurrir.

Siguió un silencio eléctrico.

–Eso no tiene gracia, Kathy –dijo él, soltando el aire con un siseo.

Kathy nunca había tenido menos ganas de reírse. La lágrimas le atenazaban la garganta. Solo unas horas antes había estado regocijándose ingenuamente por su felicidad. Sergio parecía haber olvidado sus antecedentes penales en gran medida. Pero sería una tontería ignorar que Sergio tenía opiniones muy conservadoras con respecto al crimen y su castigo. Aborrecía la deshonestidad. Y en ese momento se avergonzaba de ella, sin duda. Intentaba ser compasivo, pero percibía su reticencia como un muro que se interpusiera entre ellos.

Se preguntó cómo se habría sentido cuando Leonidas Pallis lo había advertido sobre el artículo. Leonidas podía ser uno de sus mejores y más antiguos amigos, pero a los hombres no les gustaba mostrar sus puntos vulnerables, y tener una esposa ex delincuente solo podía ser motivo de vergüenza para él. Se preguntó cuánta tensión podía soportar un matrimonio y si él sería capaz de seguir respetándola. Estaba muy orgulloso del apellido Torenti y ella lo estaba arrastrando por el fango. Había querido que ella ocultara su pasado para proteger a su hija. De repente, Kathy veía cómo los acontecimientos podían unirse para destrozar su relación. Hizo un esfuerzo para reponerse.

–¿Has dicho que te habías preparado para esto? –murmuró con voz débil.

–Lo superaremos, *bella mia* –gruñó Sergio. Cruzó la habitación, la alzó del asiento y la rodeó con sus brazos.

Kathy, reconfortada por su abrazo, se tragó las lágrimas y apoyó la cabeza en el ancho hombro varonil. Quería estar en sus brazos para siempre.

–Mi equipo de relaciones públicas ha redactado un nota de prensa en el tono adecuado –declaró Sergio, acomodándola en un sofá–. Acabará con las especulaciones. La semana que viene otra persona se convertirá en su objetivo.

Kathy no estaba segura de entender lo que estaba diciendo, pero su preocupación por ella había disminuido su miedo de perderlo y le había dado fuerzas.

—De acuerdo.

—No es lo que habrías hecho tú —dijo él mirándola con fijeza—, pero lo importante es cómo manejar el asunto una vez se haya hecho público.

—Esa nota… —Kathy lo miró inquieta.

—Tengo una copia aquí —Sergio sacó una hoja de una capeta y se la ofreció—. Es bastante estándar y, con tu consentimiento, la entregaremos a la prensa.

Kathy solo había leído la primera frase cuando se le encogió el corazón. Básicamente, era un reconocimiento de su encarcelación por robo, una referencia a que había cumplido la sentencia correspondiente y la declaración de que había aprendido la lección. La típica historia de castigo y arrepentimiento.

—No puedo permitir que publiques esto —dijo.

—Una disculpa pública es lo que hace falta. Puede parecer tonta y sin sentido, pero la gente te respetará por ser sincera respecto a tu pasado.

—Sergio… —lo miró suplicante, buscando su comprensión—. No soy una ladrona. Yo no me llevé esos objetos de plata. Fui a la cárcel por un delito que no había cometido. No puedo acceder a esta declaración porque sería una mentira.

—Esa declaración pondrá punto final al asunto y acabará con la historia.

—¿Has escuchado lo que acabo de decir?

—Ya sabes lo que opino sobre ese tema —dijo Sergio con voz firme—. Puede que necesites perdonarte por lo que hiciste antes de aceptarlo. Pero en este momento tenemos algo más inmediato a lo que enfrentarnos…

—¡No puedo creer que acabes de decirme eso! —Kathy, roja de ira, se puso en pie.

Sergio la miró con rostro duro y resuelto.

—Cometiste un error cuando eras joven y no tenías familia que te apoyara. Muchos adolescentes comenten errores similares, los dejan atrás y continúan su vida ateniéndose a la ley, como has hecho tú. Deberías sentirte orgullosa de haberlo conseguido.

–¡Guárdate el discursito! Hay un pequeño problema... ¡yo no cometí ningún error! Ni siquiera me has dejado que te contara lo que ocurrió en realidad.

–Evitas el tema.

Kathy se quedó helada de sorpresa. Lamentó que su deseo de evitar un tema controvertido durante la luna de miel le hubiera dado esa impresión. Un segundo después se enfureció consigo misma por su cobardía.

–No me trates como si fuera tu enemigo. Intento ayudarte –le dijo Sergio.

–Lo sé –Kathy apretó los labios.

–¿Accederás a publicar la declaración? –exigió Sergio.

–No, nunca –dijo Kathy, pálida como una mártir atada a una estaca en la hoguera.

–El problema surgirá una y otra vez. No desaparecerá –le advirtió Sergio con firmeza–. Hay que poner fin al asunto.

Siguió un silencio que ella sintió como una mano helada deslizándose por su espalda, pero no iba a dejarse intimidar de esa manera. Sus ojos verde manzana destellaron con resolución y alzó la barbilla.

–Pero no así. No con una confesión falsa y una falsa declaración de arrepentimiento por algo que no hice. Cumplí toda mi sentencia por negarme a expresar arrepentimiento por un delito que no había cometido.

Sergio la miró con fría y dura censura. Ella se quedó sin respiración. Él giró sobre los talones y, sin decir otra palabra, salió de la habitación. Kathy tragó aire, se dejó caer en el asiento y miró al vacío. «¿Y si esto me cuesta mi matrimonio?, ¿Y si lo pierdo?», pensó aterrorizada por esa posibilidad.

No era ninguna ayuda el hecho de que entendía su punto de vista. Había decidido que era culpable al principio de su relación, cuando apenas la conocía, y era

testarudo como una mula. Incluso había llegado a justi-
ficar su comportamiento de forma satisfactoria para él:
error juvenil y falta de apoyo familiar. No había dicho
una sola palabra de queja, ni la había culpado. Y estaba
haciendo lo posible para proteger la poca reputación
que le quedaba. La había trasladado al yate para protegerla de los periodistas. Estaba haciendo lo que era natural en él: hacerse cargo, tomar decisiones para controlar la crisis e intentado protegerla. Y ella, en vez de
agradecer su consejo, se comportaba de forma poco razonable y lo rechazaba de plano. Se limpió las lágrimas
con el rostro de la mano.

Sirvieron la cena en el comedor. Aunque la mesa estaba puesta para dos, Sergio no apareció. Ella apenas
comió y, poco después, pidió que la condujeran a su camarote. Desesperada por pasar el tiempo, llenó la bañera en el impresionante cuarto de baño de mármol. Acababa de meterse en el agua perfumada cuando la puerta
se abrió y Sergio apareció en el umbral.

Tenía el cabello revuelto, una sombra de barba en el
mentón y la camisa colgando suelta, fuera de los pantalones vaqueros. Su atractivo aspecto de chico malo hizo
que el corazón de ella brincara. Se incorporó y pegó las
rodillas al pecho.

—Lo siento… —dijo él con aspereza.

Esas dos palabras fueron como un cuchillo que se cla-
vara entre sus costillas, no sabía qué llegaría a continuación. Tenía presentimientos negativos y esperaba malas
noticias. Se preguntó si él se disculpaba porque se sentía
incapaz de convivir con una mujer reconocida pública-
mente como ladrona convicta.

—No sé qué decirte —Sergio alzó un hombro.

Kathy siguió paralizada en la bañera, como una es-
tatua de hielo, el miedo le erizó la piel.

—Verás, esa era tu imperfección —añadió él, de forma
incompresible.

—¿Qué?

—Siempre he tenido la teoría de que todo el mundo tiene una imperfección fatal. La tuya eran tus antecedentes penales —dijo él—. Encajaba, tenía sentido.

—¿Qué tenía sentido? —Kathy estaba pendiente de cada una de sus palabras, deseando que adquirieran un significado comprensible para ella.

—Eras bella, lista y sexy, pero realizabas un trabajo de baja categoría y mal pagado. ¿por qué? Porque tenías antecedentes penales —Sergio apretó sus sensuales labios—. Soy un cínico. Siempre busco el lado oscuro. Nunca se me ocurrió dudar que fueras una ladrona.

—Lo sé —afirmó ella con pesar.

—Durante meses me negué a pensar en ello, porque me molestaba —siguió él con voz ronca—. Cuando te encontré y nació Ella, enterré ese recuerdo.

La palidez de Kathy se acentuó, haciendo que sus ojos parecieran aún mas verdes. Él había enterrado el recuerdo de su supuesta culpabilidad porque era la única forma de poder vivir con ella.

Sergio alzó una mano con pesar y después dijo algo que la desconcertó por completo.

—Pero aunque un tribunal te declarase culpable y fueras a la cárcel no eres una ladrona.

—¿Qué acabas de decir? —su tersa frente se arrugó.

—Eres inocente. Tienes que serlo. Nada tendría sentido en otro caso. Siento no haberte escuchado.

—No entiendo por qué estás dispuesto a escuchar ahora —admitió ella, dubitativa.

—Examiné el delito a la luz de cuanto sé sobre ti y de repente tuve muy claro que tenías que estar diciendo la verdad.

—¿Acaso has estado hablando con Renzo?

—No. ¿Por qué?

Sergio no tenía ni idea de que su jefe de seguridad había estado investigando su caso. Cuando Kathy se lo explicó, su poderoso rostro se ensombreció.

—Así que incluso Renzo te creía cuando yo no.

—Imagino que Bridget no le habrá dado otra opción —el alivio de saber que por fin Sergio confiaba en ella hizo que sus ojos se llenaran de lágrimas. Estudió el agua y parpadeó varias veces–. Deja que termine de bañarme. Saldré en cinco minutos.

—¿Vas a llorar? –preguntó Sergio.

—¿Tú qué crees? –Kathy alzó una delicada ceja y mostró sus ojos, brillantes como joyas.

—Necesito saber qué te ocurrió hace cuatro años. El arresto, toda la historia.

—Dudo que eso haga que te sientas mejor.

—¿Crees que merezco sentirme mejor?

—No –contestó ella con sinceridad.

Pero no lloró. Era muy buena noticia que por fin dejara de creerla una ladrona. Había tardado un año en llegar a esa conclusión, pero mejor tarde que nunca. Se puso un albornoz azul y se reunió con él en el dormitorio.

—Janet y Sylvia, las sobrinas de la señora Taplow me contrataron para que le hiciera compañía y le preparase las comidas. Casi nunca vi a Sylvia porque trabajaba. Vivían en el pueblo a un par de kilómetros de distancia –le dijo Kathy acurrucándose en la enorme cama–. La señora Taplow vivía en una casa grande y vieja. El primer día de trabajo, Janet me explicó que su tía sufría las primeras etapas de demencia senil y que no debía hacer caso de sus historias sobre cosas que desaparecían.

—¿Eso no te hizo sospechar? –Sergio enarcó una ceja y se sentó en la cama, a su lado.

—No. Estaba demasiado contenta por tener un trabajo y dónde vivir. La anciana parecía confusa a veces, pero era muy agradable –le confió Kathy–. Janet me pidió que me ocupara de limpiar la plata, que se guardaba en una vitrina, y me dijo que era muy antigua y valiosa. Había muchas piezas y, la verdad, apenas me fijaba en ellas cuando las limpiaba.

—Pero sin duda dejaste tus huellas dactilares en todas las piezas.

–Unas semanas después, la señora Taplow se enfadó mucho y dijo que habían desaparecido dos piezas. Yo no habría sabido si era verdad o no, pero se lo mencioné a Janet y ella me dijo que o eran imaginaciones de su tía o que ella misma las habría escondido en otro sitio. Insistió en que la señora Taplow lo había hecho otras veces. La señora Taplow quería llamar a la policía, pero yo la disuadí –rememoró Kathy con tristeza.

–¿Qué ocurrió después? –Sergio le apretó la mano para tranquilizarla.

–Lo mismo, pero esa vez me di cuenta de qué piezas habían desaparecido y las busqué por toda la casa, sin éxito. Empecé a sentirme incómoda, pero Janet me dijo que no fuera tonta y que los objetos reaparecerían antes o después. No tenía motivos para desconfiar de ella. Uno de mis días libres, cuando me estaba vistiendo para ir a ver a Gareth, apareció la policía –susurró Kathy, sintiéndose fatal al recordar el momento en que su mundo empezó a desmoronarse sobre ella–. Registraron mi habitación y encontraron la jarrita de estilo georgiano en mi bolso. Me acusaron de robo. Pensé que tal vez la anciana la había puesto allí, pero entonces me dijeron que no sufría ningún tipo de demencia senil.

–*Madonna diavolo*… te contrataron para que su sobrina pudiera robarle y tú cargaras con la culpa –afirmó él con amargura.

–Pero no había forma de probarlo y Janet lo negó todo. Era mi palabra contra la suya y ella era coadjutora de la iglesia. La plata desaparecida tenía mucho valor económico.

–Pero la prueba era circunstancial.

–Tres abogados distintos se ocuparon de mi caso, y estaba convencida de que se demostraría mi inocencia. No me di cuenta de lo grave que era el problema –admitió Kathy temblorosa–. Estuve en estado de shock varios días cuando me declararon culpable y para entonces era demasiado tarde. No había nadie en el exterior que pudiera luchar por mí.

—Debe haber sido terrorífico para ti —dijo Sergio .

Kathy alzó los hombros, temblorosa.

Sergio, alto, moreno e increíblemente guapo, se situó a los pies de la cama.

—No tenía ni idea, *amata mia*. Me siento como un auténtico bastardo.

—No lo hagas. Olvídalo. No te culpo por haber pensado lo peor. Muchas otras personas reaccionaron de la misma manera —le dijo ella—. Pero consumió muchos años de mi vida y no quiero perder más tiempo con ese asunto.

—Tarde el tiempo que tarde, restableceré tu buen nombre, te lo juro —aseveró Sergio con fiereza.

—¿Tan importante es para ti?

—Claro que sí. Eres mi esposa.

Sergio no se reunió con ella en la cama hasta entrada la madrugada y Kathy notó que no la abrazaba como era su costumbre. De hecho, era la primera vez que dormían juntos que estaban tan separados como si ocuparan camas distintas. Cuando se despertó, a la mañana siguiente, Sergio ya no estaba y ella pensó que quizá fuera mejor así.

Aunque Kathy no tenía ningún deseo de leer la noticia en los periódicos, sospechaba que Sergio leería cada palabra y sentiría la humillación en lo más profundo de su ego masculino. En consecuencia, se saltó el desayuno y pasó casi todo el día con Ella, preocupándose por el futuro de su matrimonio. Al fin y al cabo, aunque él aceptara que había sido condenada injustamente, seguiría viviendo en un mundo en el que todos los demás creerían en la culpabilidad de su esposa. No estaba enamorado de ella, así que no había una red de seguridad que los uniera si las cosas iban mal; no había amor en su relación.

Ya por la tarde, Sergio entró en la habitación, vestido con un traje de negocios negro y corbata dorada. Estaba muy guapo y más pálido y tenso de lo normal.

—He estado trabajando todo el día, pero sueles venir a verme al despacho, *bella mia*. ¿Qué has estado haciendo?

Kathy bajo los párpados para ocultar su mirada. Había perdido la confianza en que fuera a darle la bienvenida si iba a verlo. Además, varios miembros de su equipo habían volado al yate esa mañana, y todos debían haber leído la historia sobre su la esposa convicta de su jefe. Se había sentido incapaz de enfrentarse a todos con una sonrisa de indiferencia forzada y había optado por esconderse. También había pensado que a él lo avergonzaría su presencia.

—Con Ella..., había olvidado que te ibas a Londres esta noche.

—Volveré en veinticuatro horas como mucho. No me gusta la idea de dejarte sola.

—Estoy bien —protestó Kathy rápidamente.

—Por cierto, el artículo del periódico no era nada —Sergio encogió los hombros pero no la miró a los ojos—. No te preocupes más de eso.

Pero ella no podía evitar preocuparse. Culpable o no, se había convertido en un motivo de vergüenza para él. Su actitud reservada le indicaba que había sufrido un duro golpe. Tanto Tilda como Maribel la habían llamado esa tarde para demostrarle su lealtad. Tilda los había invitado a pasar un fin de semana en Bakhar, y Maribel se había ofrecido a pasar unos días en el yate con ella. Kathy le había dado las gracias pero había rechazado su oferta. Al día siguiente, Sergio telefoneó para decirle que estaría fuera más tiempo del que había pensado.

Cuarenta y ocho horas después, Kathy encendió la televisión del dormitorio y se enfrentó al canal italiano de noticias que solía ver Sergio. Antes de que pudiera pasar a otro, la foto de su marido apareció en pantalla y su mano se detuvo sobre el control remoto. A continuación se vio a Grazia saliendo de un hotel y a Sergio saliendo de lo que parecía el mismo edificio. No sabía suficiente italiano para entender el comentario que acompañaba a la filmación. Pero buscó en Internet y, aunque había pocos datos, lo que descubrió la dejó destrozada.

La noche anterior, Sergio había pasado un par de horas en el mismo hotel londinense que Grazia, y lo habían abandonado por salidas distintas, obviamente intentando evitar que los descubrieran. Se mencionaba la posibilidad de un reavivamiento de su antigua relación, tras el divorcio de Grazia y los problemas del matrimonio de Sergio tras haber sido revelado el pasado de su esposa.

Sonó el teléfono.

—¿Qué hacías en un hotel con Grazia? —preguntó Kathy, en cuando oyó la voz de Sergio.

—Los rumores maliciosos viajan a la velocidad de la luz —murmuró él con calma—. Estaré contigo dentro de una hora.

—No has contestado a mi pregunta.

—Tengo compañía, *cara mia*.

Ella enrojeció al oír la aclaración. Los minutos siguientes se hicieron eternos. Dejó el dormitorio y fue al salón donde paseó de un lado a otro, intranquila. Finalmente, salió a cubierta, donde el cielo azul empezaba a teñirse con un leve tono melocotón con la caída del sol.

No podía imaginar una vida sin Sergio, pero se preguntaba si él sentiría eso mismo con respecto a Grazia. Una atracción fatal que él desdeñaba, pero a la que era incapaz de resistirse. Eso explicaría por qué se negaba a hablar de su ex prometida. Ni siquiera le había preguntado qué le había dicho Grazia la noche antes de la boda.

Su corazón se desbocó cuando el helicóptero iniciaba el aterrizaje. Sergio bajó con el rostro serio.

—Por una vez, traigo buenas noticias —le dijo, ecuánime—. Esta tarde han arrestado a Jane Taplow.

–¿En serio? –Kathy lo miró atónita, era lo último que esperaba oír en ese momento.

–La policía obtuvo una orden de registro y encontraron algunas de las piezas de plata desaparecidas en su casa. La señora Taplow falleció el año pasado. Jane empezó a vender las piezas hace unos meses, cuando le pareció que sería seguro. Pero, como ya sabes, Renzo identificó un par de piezas y el rastro lo condujo directamente a ella.

–Cielos… –a Kathy le temblaban las piernas y tuvo que sentarse en el brazo de un sofá–. Después de tanto tiempo, se descubre la verdad…

–Un marchante de antigüedades ha identificado a Janet y su prima va a declarar en su contra, porque está furiosa de que le robara una gran parte de lo que debería haber sido una herencia compartida. Tengo a los mejores abogados trabajando en el caso. Tomará tiempo, pero están seguros de que podrás demostrar tu inocencia.

–No lo puedo creer –Kathy se cubrió el rostro con las manos–. No sé cómo darte las gracias…

–Todo se debe a los esfuerzos de Renzo. Él es el héroe. Si no hubieras intervenido, ya no trabajaría para mí. Yo no he hecho nada –declaró Sergio–. La prensa sensacionalista ya se ha hecho eco de la noticia. Una sentencia errónea es mucho más interesante para ellos que la noticia original. Seguramente te asaltarán con peticiones de entrevistas sobre tu experiencia en la cárcel.

–No, gracias –Kathy hizo una mueca de horror.

–¿Cómo te sientes?

–Atónita –Kathy titubeó–. ¿Y lo de Grazia?

–No tuve más remedio que hacer un trato con ella cara a cara –Sergio se pasó los dedos por el cabello–. Pero debería haber adivinado que tendría a periodistas preparados para realizar esas fotos en el hotel. Grazia nunca desperdicia la publicidad gratuita.

–¿Qué clase de trato? –Kathy lo miró interrogante.

–Abramo está en Londres recibiendo tratamiento contra la leucemia. No está nada bien –le dijo Sergio con voz pesada.

–Oh, cielos, ¡por fin te has puesto en contacto con tu hermano! –su rostro se ensombreció al captar el significado real de sus palabras–. ¿Leucemia?

–Sus posibilidades son más o menos del cincuenta por ciento –Sergio hizo una mueca–. No necesita el estrés añadido de un divorcio en este momento, así que la compré.

–¿A eso te refieres con lo del trato? ¿Le diste dinero a Grazia?

–A cambio de ciertas condiciones firmadas, selladas y legalizadas –Sergio sacó un documento de la chaqueta y lo desdobló–. A nuestra reunión en el hotel fui con un equipo de abogados. Lo hicieron muy bien. Habría pagado el doble.

–¿Qué condiciones? –Kathy movía la cabeza como una marioneta, asombrada.

–Grazia ha accedido a devolver las joyas de la familia que tiene en su posesión y concederle a Abramo un divorcio tranquilo. También ha prometido no volver a acercarse a ti.

Ella abrió los ojos con sorpresa.

–¿Quieres decir que te molestó que me acorralara esa noche el club?

–¡Por supuesto!

–¿Y por qué no me lo dijiste?

Sergio la miró con ojos oscuros como la noche y un leve rubor tiñó sus marcados pómulos.

–Me sentí muy culpable por lo sucedido, y la culpabilidad me enfureció. Te molestó antes de nuestra boda y casi arruinó el día…

–¿Cómo descubrió dónde iba a estar?

–El director del club la avisó.

–Sabía lo de Ella.

–Pero no por mí –contestó Sergio, comprendiendo sus dudas.

—Grazia me dijo que tú le pediste que se divorciara de Abramo.

—Es mentira. Pero fue culpa mía que te convirtiera en el objetivo de sus dardos envenenados.

—¿Por qué iba a ser culpa tuya?

—Grazia es como un buitre. Cuando intentó volver a mi vida, no la desanimé tanto como debería haber hecho, y su vanidad pudo con ella —reveló Sergio con desgana—. Su persecución me divertía. Fue antes de conocerte y no vi razón para no jugar con ella, igual que ella había hecho conmigo antes…

—¿Querías vengarte? —a Kathy la desconcertó esa posibilidad que no había tenido en cuenta antes, y sintió un gran alivio al comprender que él no seguía interesado por la bella rubia.

—Nunca la habría buscado —Sergio agitó una mano con desdén—, no me importaba lo suficiente. Pero me enfadé cuando ella se atrevió a insinuarse hace un año. No tuve que hacer nada para saldar viejas deudas… solo quedarme quieto y ver cómo Grazia tramaba y planeaba la manera de recuperarme.

—Pero era la esposa de Abramo —Kathy soltó un suspiro consternado.

—Grazia va donde va el dinero, y en el momento en que Abramo perdió el suyo, se convirtió en historia antigua. Él lo sabe tan bien como yo y creo que por fin ha superado su amor por ella. ¿Qué clase de mujer abandonaría a su marido en medio de una enfermedad como esa?

—Una despiadada…, la clase de mujer que pensé que tú admirabas.

—Ella no me ganaría al ajedrez en un millón de años, *delizia mia*. No se le ocurriría decirme que me prohibía escalar el Everest porque es demasiado peligroso y podría perder la vida… por cierto, ya lo hice hace unos años. Es una suerte que disfrutara de algunas experiencias antes de conocerte, porque hay un montón de deportes arriesgados que te provocan crisis de ansiedad, ¿verdad?

Kathy, enrojeció, no se había dado cuenta de que su terror ante la idea de que le ocurriera algo resultara tan obvio. Sergio agarró sus manos y miró sus ojos.

—Grazia me habría animado a practicar deportes peligrosos, porque habría disfrutado más como viuda alegre que siendo mi esposa. ¿Cómo has podido pensar que la deseaba cuando te tengo a ti?

—Tú y yo nos vimos precipitados a una relación. No estaba planificada… sobre todo Ella —a Kathy le tembló la voz—. Pero tú elegiste a Grazia. Quisiste casarte con ella.

—Diablos —suspiró Sergio, compungido—. Yo tenía veintiún años y ella era una chica que mis amigos envidiaban. Creí que la amaba. Era un niño, pero ahora soy un hombre y busco algo muy distinto en una esposa. Pero hasta que no te conocí no supe que quería…

—Solo querías sexo —afirmó Kathy con descaro.

—Puede que fuera así al principio, pero tú me enseñaste a querer otras cosas que ni siquiera sabía que necesitaba.

—¿Por ejemplo?

—Cosas normales como la risa, opiniones sinceras, discusiones…

—¿Necesitabas a alguien con quien discutir?

—Algo de oposición de vez en cuando me viene bien. Y las conversaciones inteligentes no relacionadas con joyas, ropa o dietas fueron muy bienvenidas, *amata mia* —reconoció Sergio—. Por supuesto, no me di cuenta de la joya que eras hasta que desapareciste durante siete meses y medio y supe lo que era echarte de menos.

Kathy estaba encantada, al principio había creído que pretendía tomarle el pelo, pero reconocía la sinceridad que se ocultaba tras su tono burlón.

—¿Me echaste de menos?

—Y era demasiado tarde. Te habías ido. Si Grazia hu-

biera jugado esa carta, habría reaparecido un par de semanas después, pero tú, en cambio, no volviste.

—En ese momento, me pareció lo mejor.

—Aún me aterroriza pensar en lo cerca que estuve de
perderte. La fiesta en el yate fue un desastre. No... –
gruñó Sergio cuando ella liberó sus manos de un tirón–.
Tienes que dejar que te lo cuente...

—No, ese tipo de cosas están mejor enterradas –
Kathy se apartó de él con rostro serio–. Ocurrió antes
de nuestra boda y no es asunto mío.

—¡Ya, pero no dejas de utilizarlo en mi contra en
cuanto surge la oportunidad! –Sergio se acercó y la
obligó a levantarse.

—¿Cuándo fue la última vez que lo mencioné? –gritó
Kathy.

—No has visto tu expresión crítica cuando pusiste los
pies en este barco por primera vez...

—Tal vez tu conciencia te hizo imaginarla. ¡Suéltame!

—No. No me emborraché en esa fiesta para hombres.
Ni siquiera besé a nadie. ¿De acuerdo? –declaró él–.
Ocupabas mi mente hasta tal punto que era como si es-
tuvieras conmigo. Eras la única mujer a la que deseaba.

—Entonces no tenía buena opinión de ti –Kathy,
asombrada por la súbita confesión, dejó que la llevara
en brazos a su camarote.

Sergio la depósito suavemente en la cama.

—Lo sé y me lo merecía, yo me lo busqué. Pero nunca volveré a tratarte así porque te quiero. Incluso si fueras una ladrona, seguiría casado contigo y sintiendo lo
mismo.

—¿Te enamoraste de mí? –a Kathy la asombró la
emoción que veía en su rostro.,

—Seguramente la primera vez que te vi. Mi cerebro
empezó a funcionar al revés. Me pasaba el día haciendo
suposiciones sobre ti. El sexo fue fantástico, pero tú
más. Mientras estuve en Noruega, mis amigos se reían
del número de veces que te llamé.

—Sí, es verdad que llamaste —reconoció ella.

—Y aunque lo del traslado a Francia te desagradara, era mi primer desafortunado intento de comprometerme en una relación que hacía en una década —arguyó él en su defensa.

—Me alegra que hayas utilizado «desafortunado».

—Y destrocé las posibilidades que me quedaban con la estúpida fiesta solo para hombres. Pero me devastó no encontrarte. Entonces supe lo que sentía por ti. Por eso no hubo nadie más en todo ese tiempo...

—¿Nadie? —Kathy ladeó la cabeza y lo estudió con los ojos muy abiertos—. ¿Ni una mujer en todos esos meses?

—Considéralo mi castigo por haberte obligado a acostarte conmigo aquella noche. No he estado con nadie desde que te conocí, y estoy muy orgulloso de ello —sonrió avergonzado y a ella le dio un vuelco el corazón—. Es verdad que te pedí que te casaras conmigo en un momento en el que estabas vulnerable. Lo hice a propósito. Sabía que no me sentiría seguro hasta que no fueras mi esposa. Habría hecho cualquier cosa por ponerte ese anillo en el dedo.

Kathy sonreía, halagada por su confesión.

—¿Así que lo que te disgustaba era el jaleo de la boda, no el hecho de casarte conmigo?

—¿Eso fue lo que pensaste? —Sergio hizo una mueca—. No lo dije con esa intención, *bella mia*. Pensaba que podía hacerte feliz...

—Y lo hiciste.

—Pero seguí cometiendo un error terrible al no creerte. Me siento muy culpable por eso.

—Es cierto que tienes tus defectos, pero te quiero de todas formas, puede que incluso más por ellos. No sé si podría soportar que nunca hicieras nada malo, pero no lo consideres una invitación para dejar el buen camino —una sonrisa luminosa curvó sus labios rosados—. Porque ya lo sabes... esas fiestas para hombres..., no pienso perdonar cosas así...

Él se arrodilló sobre la cama y la besó con tal pasión que a ella se le saltaron las lágrimas de pura felicidad.

—Además, un buen esposo debe reservar su energía para su mujer —Kathy le soltó la corbata.

—¿Cómo diablos conseguiste enamorarte de mí? —Sergio se quitó la chaqueta y la camisa con entusiasmo.

—Eres irritante, pero muy guapo, sexy, divertido… —Kathy extendió las manos sobre su musculoso y moreno pecho con admiración y lo miró con ojos brillantes y llenos de cariño—. Tengo que confesar que me encanta ganarte al ajedrez…

Sergio apoyó su cabeza sobre la almohada y la besó hasta dejarla sin aliento. Su entusiasmo fue muy bien recibido.

Casi tres años después, Kathy daba los últimos toques a su maquillaje, se peinaba el vibrante cabello cobrizo y daba un paso atrás para contemplar el efecto de su resplandeciente vestido de baile dorado.

En menos de una hora, cualquier persona digna de mención estaría en el palacio Azzarini. Sergio Torenti celebraba lo que ya se auguraba la fiesta del año. Se había admitido que había habido un error judicial en la condena de Kathy y todos los cargos habían sido anulados y borrados de su expediente. El juez que dictaminó en su caso había sido amonestado. Había tenido el apoyo de un excelente equipo legal, que había tenido que luchar largo y tendido para conseguir ese resultado, a pesar de que Janet Taplow finalmente había reconocido haber colocado la jarrita en su bolso.

Irónicamente, Janet Taplow ya había cumplido su condena y recuperado la libertad para cuando Kathy consiguió limpiar su nombre. Pero a Kathy no le había importado. Le bastaba con que por fin se supiera la verdad. Cuando recibiera la compensación económica por su injusta estancia en la cárcel, iba a donarla a una sociedad benéfica que ayudaba a ex presidiarios a reintegrarse en la sociedad y encontrar trabajo.

Por fin estaba consiguiendo dejar atrás su pasado. Estaba recuperando poco a poco la confianza y extroversión que una vez habían formado parte de su carácter. Y lo más importante para ello era su felicidad.

Bridget y Renzo habían celebrado recientemente su segundo aniversario. Bridget era madre de un niño de seis meses, un acontecimiento que había sorprendido y deleitado a la mujer, que había creído ser demasiado mayor para quedarse embarazada. Abramo se había recuperado de su enfermedad y empezaba a tener citas. Sergio iba reforzando poco a poco los vínculos con su hermanastro y lo había puesto al frente de una de sus empresas. Grazia había cobrado la pequeña fortuna que le ofreció Sergio para luego convertirse en la cuarta esposa de un egipcio fabulosamente rico. Se decía que, igual que Cleopatra, se bañaba en leche y miel.

Kathy había pasado gran parte de sus primeros dos años de matrimonio en Londres, para poder ir a clase y completar los estudios empresariales que estaba realizando cuando conoció a Sergio. Maribel Pallis se había convertido en una de sus mejores amigas. De vez en cuando, Sergio y Kathy visitaban a Rashad y Tilda en Bakhar, junto con Maribel y Leonidas. Todos sus hijos se conocían y hacían buenas migas.

Kathy se puso un colgante y unos pendientes de diamantes que captaban la luz con cada movimiento. Eran el regalo de cumpleaños de Sergio. Fue a darle las buenas noches a Ella, seguida por Horace, su gato siamés. Horace se había convertido en su sombra y casi había llenado el vacío dejado por su predecesor, Tigger.

Ella estaba despierta y quejándose de Elias Pallis, que le sacaba tres años. Lo cierto era que Elias y Ella solían pelear como el perro y el gato. A Elias le gustaba dar órdenes y Ella no soportaba que le dijeran lo que tenía que hacer. El hijo de Tilda, Sharaf, actuaba como pacificador, haciendo gala de sus dotes diplomáticas, mientras que su hermana pequeña, Bethany, era tan peleona como Ella. Kathy apoyó un mano en la leve curva de su vientre, pensando que pronto habría una adición al grupo. Niño o niña, no le importaba. Estaba deseando darle la noticia a Sergio.

—Me encanta el vestido —dijo Sergio, letalmente guapo con su esmoquin, reuniéndose con ella en la escalera—. El dorado es tu color. ¿Está dormida Ella?

—Sí, no la molestes —aconsejó Kathy—. Empezará a quejarse de Elias otra vez. Son un par de diablillos. Ella es descarada con él, él la pincha, ella pierde los papeles y él se ríe.

—¿No es así como eres tú conmigo, *delizia mia*? —preguntó Sergio, llevándola a un rincón oscuro.

—Solo cuando te conocí —rio Kathy—. He madurado mucho desde entonces…

—Así que ¿no eres la mujer que me colgó el teléfono la semana pasada porque no llegaría a tiempo para la cena?

Kathy se sonrojó y se removió en sus brazos.

—Bueno, eso fue una excepción y estaba equivocada…

—Puedes volver a colgarme el teléfono cuando quieras. Soy duro como el granito —dijo Sergio, poniendo una mano en su cadera y atrayéndola hacia su cuerpo—. Y me pediste disculpas de manera muy agradable esa noche, en la cama.

Ella se puso roja hasta la raíz del cabello.

—Te quiero, Kathy Torenti —dijo Sergio, mirándola con aprecio—. Ella y tú sois el sol de mi vida…

—Y pronto tendrás que compartir ese sol —le dijo Kathy juguetona, queriendo darle la noticia antes de que se reunieran con los invitados.

—¿Te refieres a que Horace, el gato más mimado de toda Italia, por fin conseguirá compañera?

—No, ¡estoy embarazada! —exclamó Kathy, burbujeante de alegría.

–Eres una mujer increíble –dijo él con una cálida sonrisa de satisfacción.

–Me alegra que lo pienses.

Kathy rodeó su cuello con los brazos. Cuando por fin salieron de entre las sombras ella se lamentaba de que iba a tener que pintarse los labios de nuevo. Pero se reía y él contemplaba su rostro con la intensidad de un hombre muy enamorado. Tardaron un rato en reunirse con sus invitados...

Después de dos años trabajando de incógnito, el agente especial Jared West se sentía como un extraño en su antigua vida. Los hematomas desparecerían de su fornido cuerpo, pero no así los recuerdos. En cualquier caso, no había perdido el gusto por las mujeres guapas, y la belleza de Rowan Farringdon era demasiado extraordinaria como para pasar desapercibida.

La nueva directora de operaciones, Rowan, había oído que el arma más poderosa de Jared era su sonrisa. Debía conocer a Jared íntimamente y comprobar si estaba listo para la siguiente misión, pero ninguno de los dos estaba preparado para la pasión que estalló después de un simple roce…

El espía que me amó

Kelly Hunter

LA CASA DE LAS FANTASÍAS

KRISTI GOLD

La diseñadora de interiores Selene Winston estaba allí para arreglar una vieja mansión, no para meterse bajo las sábanas con su guapísimo jefe. Sin embargo, no podía dejar de soñar con el introvertido Adrien Morell, que poblaba todas sus fantasías.

Pronto se dio cuenta de que había quedado irremediablemente atrapada en el poder magnético de Adrien. Pero él no estaba dispuesto a salir de las sombras para estar con ella... a menos que lo convenciese.

Si quería algo más que un amante, tendría que domar a aquella bestia... en el dormitorio

¡YA EN TU PUNTO DE VENTA!

Bianca

La delgada línea entre la pasión y la venganza no tardó en desvanecerse

Paige Fielding estuvo esperando durante diez años el regreso de Giancarlo Alessi a su vida. Pero el hombre al que se había visto obligada a traicionar no estaba interesado ni en hacer preguntas ni en oír disculpas.

Ingratamente sorprendido al descubrir que Paige trabajaba como asistente personal de su madre, Giancarlo sintió renacer su sed de venganza. Obligó a Paige a trasladarse hasta la Toscana, donde la obligó a someterse a todas sus órdenes.

Y cuando Giancarlo descubrió que Paige estaba embarazada, no pudo evitar preguntarse si, en realidad, no era a ella a quien tan desesperadamente deseaba, y no la venganza.

A las órdenes del conde

Caitlin Crews